L'OMBRE ET LE FLEAU

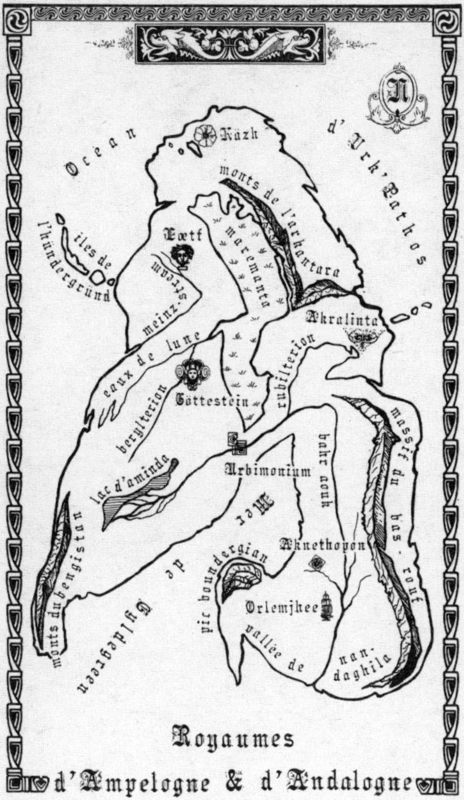
Océan d'Urk'Nathos
Käzh
monts de l'arkhantara
îles de l'hündergründ
Lœtf
meinz-stream
maremanta
Akralinta
eaux de lune
rubilterion
Göttestein
berylterion
massif du bas-rouf
bahr aouk
Urbimonium
lac d'aminda
Mer de Nyldegreen
monts du bengistan
pic boundergian
Aknethopon
Orlemjhee
vallée de nan-daghila
Royaumes
d'Ampelogne & d'Andalogne

Du même auteur
Dans la même collection :

Labyrinth-Jungle

OSCAR VALETTI

L'OMBRE ET LE FLEAU

LEGEND

FLEUVE NOIR

Collection dirigée
par Philippe HUPP

ISBN : 2-265-04838-0
ISSN : 0768-3014

Au chevalier-naute Kurt Steiner

PRELUDE

La plaine ruisselait.

Le sol, imbibé comme une éponge ne parvenait plus à absorber les pluies diluviennes que le ciel d'encre crachait depuis le début de l'automne. Les nuages étaient si denses qu'ils formaient comme un mur d'ardoise sombre, un mur menaçant et chargé de maléfices édifié au dessus d'Overmonde par une armée de démons.

Nous étions partis du château d'Akralinta sous un soleil de plomb mais, sans vouloir faire de jeu de mots, je n'étais pas très chaud à l'idée d'aller affronter l'armée du prince d'Ortolan ni les maléfices de son Maître des Rêves, Hyéronimus le Borgne. Mais je n'avais pas le choix.

Depuis la fin de mon adolescence, ma vie ne m'appartenait plus et aujourd'hui, alors que le danger déchirait le ciel en un grondement de tonnerre, elle m'appartenait moins encore.

Les quatorze premières années de mon existence ont été pour moi source de bonheur et de souffrance. Protégé, materné mais soumis à un entraînement intensif, aussi bien intellectuel que physique. Mnémostène et Saldan Tarek, les Maîtres des Rêves et des Armes du prince d'Andalogne, notre Maître à tous, ne m'ont pas laissé un seul instant de répit.

Je suis aujourd'hui capable de supporter pendant très longtemps des températures extrêmes, de nager sous la surface des eaux pendant plusieurs minutes, de sentir le danger comme on sent une odeur d'excréments, de dégainer ma dague à la vitesse de l'éclair et d'étrangler un porval à mains nues. Ma musculature n'est pourtant pas impressionnante, mais je sais comment canaliser les humeurs nerveuses, comment concentrer les flux vitaux en un point précis de mon corps.

Cette science m'a été donnée pour que je puisse protéger le dauphin Olrik, fils du prince Bilken, jusqu'à son accession au trône d'Andalogne. La mort d'un dauphin est une véritable malédiction, elle brise l'équilibre du royaume et libère le Fléau qui circule le long des rivières souterraines de l'Inframonde.

Et depuis maintenant plus de dix ans, j'accompagne le jeune prince dans le moindre de ses déplacements. Je dors près de lui, j'assiste même à ses ébats amoureux et à ses ablutions. Je ne le quitte jamais. Je suis devenu une partie de lui-même. Pour lui et pour son entourage, j'ai perdu toute individualité. Je ne suis plus qu'une armure destinée à le protéger du moindre danger.

Je suis l'Ombre et je combats le Fléau.

***

Masqué par l'épais rideau de la pluie, loin devant nous, se profilent les monts crénelés de la Gueule du Dragon, une gigantesque mâchoire minérale qui s'extirpe de la plaine détrempée. De l'autre côté de cette barrière rocheuse s'étend la plaine d'Ampélogne, les terres du prince d'Ortolan.

Voyager plusieurs semaines pendant la saison des pluies peut paraître une idée stupide, suicidaire, mais le Maître d'Armes Saldan Tarek se trompe rarement et seul l'effet de surprise peut nous assurer la victoire. A condition de ne pas perdre trop d'hommes ou de montures en route !

Une armée entière peut disparaître en un souffle dans les gigantesques glissements de terrain qui secouent le paysage. Et les bêtes, harcelées par la fatigue, le froid et l'humidité ont du mal à surmonter rhumes et bronchites.

Mais cette expédition, ce "raid destructeur" comme l'appelle avec un sourire sardonique notre Maître à tous, a été minutieusement préparée.

Les hommes du prince Bilken ont chassé les méduses des marais pendant une année entière. Ces monstres carnassiers qui ne se laissent pas facilement capturer, mais dont la peau offre une élasticité, une résistance et une imperméabilité parfaites.

Et pendant une année encore ils ont confectionné des vêtements de protection pour les guerriers, les chevaux et les femmes de troupe, des tentes individuelles pour les Maîtres et les officiers et des couchages étanches pour les soldats.

Une préparation parfaite.

Nous sommes partis depuis un mois et nous n'avons perdu qu'un cavalier et sa monture, emportés par un torrent de boue.

Dans trois jours, nous aurons franchi la Gueule du Dragon et les cinq cent soldats de notre armée fouleront la plaine d'Ampélogne.

Ce sera alors le temps du combat, le temps des morts et celui des résurrections. Le temps lourd et pesant de la souffrance.

Mais Bilken le Rouge en a décidé ainsi. Il est encore jeune et peu enclin à mourir. Et son bouillonnant rejeton, le dauphin Olrik est excédé d'attendre son accession au trône. "J'ai décidé de t'offrir un autre royaume. Cela devrait te permettre de tuer le temps", lui a dit Bilken pour sa dix-huitième année.

Les préparatifs du raid ont commencé le jour même.

Mais je suis bien placé pour savoir que le Magnus Potens d'Andalogne n'a pas monté cette expédition dangereuse pour faire un simple cadeau à son fils. Overmonde vit sous le règne de la guerre et de la violence. Le combat est le plus noble des arts et la violence une nécessité. Seuls les liens de l'honneur et les entraves des sortilèges peuvent empêcher le sang de couler.

Et aucun lien de cette sorte ne lie le dauphin Olrik au prince d'Andalogne.

Notre Maître à tous a jugé préférable de risquer sa vie au combat plutôt que de mourir bêtement dans son lit ou sur l'une de ses nombreuses maîtresses.

Celui qui nous guide sait faire preuve de perspicacité et de sagesse.

Et cela est plutôt de nature à me rassurer.

CHAPITRE PREMIER

Les Dieux sont gentils, c'est pour cela que nous n'hésitons pas à les capturer.

Olrik s'est approché de la cuve en verre. Je n'aime pas lorsqu'il vient taquiner le Dieu. C'est puéril et stupide. La pluie s'est arrêtée et un rayon de soleil vient ricocher sur les parois de la cuve. Le Dieu se tourne vers nous. Il est très gros et je pense que ses pouvoirs doivent être immenses. Il convient en tout cas de le souhaiter. Il est aussi gros qu'un cheval, sa peau blanche, presque translucide, palpite comme le chapeau d'une méduse. Ses longues nageoires bleues commencent à se déchirer. Il ne supporte apparemment pas très bien sa captivité.

Olrik est un crétin et se savoir enchaîné à un être primaire et privé de toute sensibilité n'est pas toujours très plaisant.

L'armée s'est arrêtée au pied des contreforts de la Gueule du Dragon. Saldan Tarek a jugé préférable de ne pas marcher jusqu'à la tombée de la nuit. De profiter encore une fois de la relative tranquillité de "notre" plaine. Les nuages s'effilochent lentement pour laisser la place à un ciel rosâtre, crépusculaire. Nous allons peut-être passer notre première nuit au sec depuis un mois. Heureux ou triste présage ? Seul Mnémostène pourrait nous renseigner à ce sujet en sondant la pensée du Dieu. Mais il ne va pas le fatiguer pour si peu. Le combat peut maintenant éclater d'un jour à l'autre et notre Dieu est déjà fatigué. Ses testicules rosissent aussi et il va bientôt réclamer une Déesse. Il ne nous sera plus alors d'aucune utilité.

Olrik a réclamé une femme de troupe. Je plains vraiment toutes celles qui passent entre ses mains. Je les considère personnellement comme des soldats. "Elles reçoivent la même solde qu'un fantassin ou un cavalier et sont en permanence à la pointe du combat", me disait pas plus tard qu'hier Saldan Tarek. Elles ont droit à ce titre à encore plus de respect et de sollicitude. Ce n'est pas vraiment l'avis d'Olrik. Il ne respecte d'ailleurs personne.

Je regarde ce gros porc gigoter sur sa couche en déversant un chapelet d'insultes, en écartant les chairs de sa partenaire comme s'il s'agissait d'une bête prête à terminer ses jours à l'abattoir.

Si celle-ci faisait le moindre geste de menace, il me faudrait cependant la tuer.

Il roule sur le côté en libérant sa semence aux quatre vents. Un homme de sang royal ne peut qu'engrosser son épouse ou une femme de son rang.

Il se tourne vers moi.

— C'est ton tour, me dit-il en remontant sa culotte.

Je n'ai aucunement envie de faire l'amour mais je m'exécute. Il faut dire que je n'ai pas vraiment le choix. Les paroles du dauphin sont des ordres.

Et puis la femme de troupe va peut-être enfin jouir. C'est ma seule façon de me démarquer vraiment du prince.

***

Les premiers rayons de soleil glissent sur la toile cirée du ciel. Il n'y a plus un seul nuage.

Saldan Tarek fait, quand à lui, grise mine. Mnémostène a dû consulter le Dieu dans le courant de la nuit et il doit savoir que la pluie n'est pas prête de retomber.

Privés du manteau gris de la tempête, nous devenons une proie facile pour l'ennemi.

Un groupe de soldats recouvre les parois de la cuve à l'aide de bâches en peau de méduse. Les Dieux sont habitués à la fraîcheur et à l'obscurité des rivières souterraines de l'Inframonde. Une journée chaude et ensoleillée les conduirait certainement aux portes de la mort.

Je n'ai jamais vu de Dieu mourir, mais je sais qu'ils libèrent alors tous leurs pouvoirs et que toutes choses se métamorphosent à plusieurs kilomètres à la ronde. Je préférerai ne pas avoir à assister à cela.

Les fantassins, enfin débarrassés de leurs imperméables gris et caoutchouteux, ont commencé l'ascension de la Gueule du Dragon.

Nous nous préparons à les suivre, un petit

groupe constitués des Maîtres et des Potentats, suivi de près par les Cavaliers.

Je me dis alors que je ne suis pas complètement réveillé. Que tout ceci n'est qu'un rêve et que toute la troupe est encore endormie sous le manteau de la nuit. Mais j'ai aussi la faculté de sortir du sommeil quand bon me semble. Cela fait partie de l'enseignement prodigué par Saldan Tarek. Je ne peux pas sortir de ce rêve. Je suis donc bien réveillé.

Et la montagne vient de bouger.

CHAPITRE II

Saldan Tarek donne aussitôt l'ordre de battre en retraite. Une courte période de flottement parcourt les rangs, ponctuée par les murmures des soldats et les hennissements des chevaux.

Les cavaliers ont déjà fait demi-tour et s'élancent au galop pour laisser le champ libre au reste de l'armée.

Le chariot qui transporte le Dieu passe devant nous en laissant de profondes ornières dans le sol détrempé.

— Ne restez pas là ! hurle Saldan Tarek en éperonnant sa monture.

La monture d'Olrik se cabre puis s'élance derrière celle de Saldan Tarek.

Mon cheval, habitué à ne pas lâcher celui du dauphin d'un sabot, s'élance à son tour.

Je me retourne un instant pour voir ce que devient le reste de notre armée. Une vision d'Apocalypse me glace alors le sang.

La Gueule du Dragon est maintenant vivante.

D'énormes mâchoires minérales se referment lentement sur les fantassins qui n'ont pas eu le temps de rejoindre la plaine.
Un bruit de tonnerre déchire l'atmosphère. La terre est en train d'accoucher d'un monstre de pierre.

Nous nous sommes regroupés à cinq ou six cent mètres de la Gueule du Dragon.
Les cavaliers ont aussitôt établi un rempart de protection autour du Dieu. La garde impériale s'est resserrée autour de Bilken et du dauphin. Je dois bien reconnaître que cela me rassure quelque peu.
Mnémostène s'est assis en face de la cuve. Son regard est absent. Sa pensée ne va pas tarder à fusionner avec celle du Dieu.
Quelques fantassins courent sur la plaine. Ils s'égayent en tous sens comme des fourmis dont on vient d'écraser la fourmilière. Nous ne pouvons plus rien pour eux. L'énorme gueule de pierre s'avance, ratisse. Les avale l'un après l'autre.
Un craquement plus fort que les autres se fait soudain entendre.
Le dragon, le dragon-montagne qui ne laissait pour l'instant apparaître que sa tête, s'extirpe de sa gangue minérale en un rugissement volcanique.
Son corps pierreux est gigantesque. Plus grand que la plus grande des cathédrales jamais construite sur Overmonde.
Mais Mnémostène est maintenant loin dans les profondeurs de l'âme du Dieu et les Maîtres des Rêves vont pouvoir enfin s'affronter. Car tout le monde a déjà compris que de l'autre côté du dragon de pierre qui bat maintenant l'air de ses

lourdes ailes minérales, il y a un autre Dieu. Un Dieu capturé dans les rivières de l'Inframonde par les hommes du prince d'Ortolan, un dieu savamment manipulé par Hyéronimus le Borgne.

Un combat qui ne devrait épargner personne. Car, maintenant que le dragon s'est élevé majestueusement dans les airs en laissant tomber de sa gueule des paquets de fantassins démantibulés, le regard peut s'élancer sans entrave jusqu'à la plaine d'Ampélogne et l'armée du prince d'Ortolan.

Le Dragon a pris de l'altitude ct vole lourdement vers nous. Un animal hybride fait de roches, de terre et de végétaux. Un fragment d'Overmonde. Une sculpture vivante.

Il s'immobilise soudain à une centaine de mètres de notre position.

Ses ailes s'agitent frénétiquement, propulsant des remous d'air tiède vers les montures affolées. Sa gueule s'ouvre et se ferme, libérant des effluves terreuses qui me donnent la nausée.

Le bon sens nous intimerait l'ordre de fuir encore et toujours, le plus loin possible de cette créature de cauchemar. Mais Saldan Tarek nous ordonne de retenir nos montures.

Il sait que leur Dieu, aussi puissant soit-il, doit être particulièrement affaibli par l'effort intense que vient de lui imposer Hyéronimus le Borgne. Notre Dieu s'agite dans sa cuve. Mnémostène est raide, comme s'il avait subi la transformation inverse, comme s'il était devenu un bloc de pierre.

En de telles circonstances, je me dis que la protection rapprochée que je suis censé apporter au prince est quelque peu dérisoire. Mon corps interposé entre Olrik et cette cathédrale volante prêterait certainement à sourire.

Un bruit de galop.

L'armée du prince d'Ortolan vient de s'engouffrer dans la brèche pratiquée par l'envol du monstre.

Saldan Tarek donne des ordres, les cavaliers se mettent en position de combat. Le schéma de l'arbalète. Un arc de cercle perpétuellement alimenté par la "queue" de réserve.

Ma tâche est simple. Je n'ai d'ordre à recevoir de personne. Suivre le dauphin. Protéger le dauphin. Et, s'il le faut, mourir pour le dauphin.

Le dragon est presque au dessus de nos tête. Il est agité de tremblements sismiques. Mnémostène et Hyéronimus ne font plus qu'un avec leurs Dieux respectifs et mènent un combat de Titans.

L'armée ennemie s'approche. Les cavaliers foncent sur nous. La boue suinte et gicle sous les sabots des chevaux.

Le dragon pivote brutalement sur lui-même et fonce vers l'armée d'Ampélogne.

— Notre dieu est le plus fort ! hurle Olrik.

Des grappes de fantassins tombent toujours de la gueule du monstre.

Et soudain, ses ailes se brisent en un fracas épouvantable. La bête s'immobilise un instant dans l'espace, suspendue comme par miracle, montagne en lévitation, puis c'est la chute.

Le dragon s'écrase sur les premiers rangs de cavaliers du prince d'Ortolan en provoquant un véritable tremblement de terre.

Les cris et les plaintes parviennent jusqu'à nous.

Olrik est aux anges.

— Apparemment, Mnémostène vient de rétablir l'équilibre des forces ! raille-t-il en éperonnant sa monture.

Il n'a même pas attendu les ordres de Saldan Tarek. Il a foncé. Comme à son habitude. Et mon cheval, bête et discipliné, a suivi le mouvement.

En ces instants, j'ai l'impression d'être enchaîné au monde, j'ai l'impression d'avoir moins de liberté qu'un prisonnier qui agonise dans le plus sombre des cachots.

Mais le temps n'est déjà plus à la réflexion. Mon cheval à du mal à suivre celui d'Olrik. Les débris du dragon s'étendent sur plusieurs kilomètres à la ronde. Un véritable parcours d'obstacles, ponctué par les gémissements des mourants écrasés sous des tonnes de pierre et de terre.

Puis c'est la confrontation. Les premiers chocs métalliques des lourdes épées qui percutent les crânes, les boucliers et les épées adverses. Je ne cherche, bien sûr, à attaquer personne. Je suis déjà suffisamment occupé à protéger ma propre personne et les arrières du dauphin.

Je n'ai pas à intervenir lorsqu'il se bat en duel singulier, je dois me contenter d'éliminer ceux qui voudraient se joindre à son adversaire. Tâche périlleuse que la mienne. Je ne dois pas offenser le dauphin en tuant un ennemi qu'il est lui-même en mesure de vaincre mais si ce dernier venait à tuer Olrik, ma peau ne vaudrait pas plus cher que celle d'une vieille méduse des marais.

Les restes du dragon de pierre sont en train de fondre autour de nous. Les mages doivent orienter les Dieux vers le théâtre des combats. Vers des métamorphoses directement utiles à leurs armées respectives.

Le cadavre le plus proche se redresse alors comme par enchantement.

De sa tête défoncée s'échappent des débris de cervelle. L'un de ses bras est à moitié arraché. Il récupère son épée de sa main valide et fonce vers la monture d'Olrik.

Je suis sur lui en un clin d'œil et le décapite d'un coup d'épée. Le corps vacille et tombe sur le sol comme un paquet de chiffon.

Sa résurrection aura été de courte durée.

Mais les mages sont maintenant en pleine activité et nos fantassins, plus ou moins mutilés par la gueule du Dragon, se lèvent. Les cavaliers ennemis aussi, ainsi que leurs montures. Certains traînent lamentablement leurs viscères, d'autres ont à peine de quoi tenir une épée ou une lance. Mais il s'élancent, stoïques, dans la rumeur du combat, pour mourir une seconde fois. Mais pour tuer aussi.

Et les vivants et les morts croisent le fer en un ballet macabre.

Mon épée n'arrête pas de tourner dans l'air brûlant, chauffé par l'ardeur du combat.

Et les têtes volent, les ventres se crèvent, les membres se plient.

Nous sommes au centre du maelström. Olrik est comme possédé. Il faut reconnaître qu'il sait faire preuve d'une puissance inouïe. Il se bat maintenant au centre d'un parterre de cadavres.

Nos chevaux glissent sur un tapis de chair et manquent à chaque instant de se rompre le cou.

Olrik s'est apparemment rendu compte du danger. Il éperonne sa monture, et s'éloigne à la recherche d'un espace moins encombré.

Je le suis de près. Le danger est omniprésent.

C'est comme si l'on avançait dans une jungle épaisse. Mais le feuillage saigne et les arbres craquent comme des os.

Je réalise alors brutalement quel plan ridicule a germé sous le crâne de ce crétin d'Olrik.

Nous nous approchons d'un groupe serré de soldats. Et entre leurs corps mouvants une masse vitrée accroche par instants les reflets du soleil.

La cuve de leur Dieu.

Et Olrik a décidé de le tuer.

***

Mnémostène a sûrement mal interprété l'impétuosité du dauphin. Il doit croire que celui-ci cherche Hyéronimus, son ennemi juré, et il nous aide.

Les ressuscités aux corps démantibulés se relaient sans cesse pour faciliter la progression d'Olrik. Certains n'ont même plus de quoi voir, de quoi tenir une arme, mais ils foncent et mordent les jarrets des chevaux ennemis.

Je n'ai pas le droit d'émettre la moindre réflexion. Je ne suis qu'une armure, mais les mots m'échappent.

— Maître, il ne faut pas. Non... Il ne faut pas !

Olrik me regarde un court instant, comme s'il avait été gêné par une mouche qui serait passée tout près de son visage. Un vrombissement d'insecte... Mes mots sont comparables à un vrombissement d'insecte !

Nous sommes maintenant à deux ou trois mètres de la cuve. Nous avons dressé sur notre passage un véritable charnier. Hyéronimus est invisible. Il a du battre retraite en nous voyant arriver.

Olrik saute sur le rebord de la charrette, ses doigts agrippent le rebord de la cuve. Il se hisse.

— Nooooon !!!

J'ai hurlé mais ma voix a été aussitôt engloutie par les rumeurs du combat.

Tout ce que je peux faire, c'est protéger Olrik des morts-vivants qui essayent de le déloger. Et mon épée continue à trancher. Je ne cherche même plus à savoir si ces guerriers grotesques sont mes alliés.

Et le prince se met à hurler. Un hurlement que je redoutais depuis longtemps. Depuis des années. Et qui me glace le sang.

Je me retourne à temps pour voir une des nageoires du Dieu s'enrouler autour du cou d'Olrik. Ses pieds fouettent le vide. J'essaye de les saisir mais il est trop tard.

Son corps vient de plonger dans la cuve. L'eau se trouble et pendant un court instant, je ne distingue plus rien.

Puis le visage d'Olrik se dessine. Sa joue est aplatie contre le verre et il me lance un regard en coin de ses yeux vitreux.

De ses yeux morts.

***

Devant moi, la montagne de la Gueule du Dragon est en train de se reformer, emprisonnant au passage quelques fantassins braillards qui se retrouvent plantés dans la pierre comme des aiguilles à tricoter dans une pelote de laine. Hyéronimus le Borgne a apparemment cessé le combat.

Nous avons gagné.

Mais nous n'avons plus de dauphin à mettre sur le trône d'Ampélogne.

Ma vie ne tient plus maintenant qu'à un fil. Et ce fil peut se rompre d'une minute à l'autre.

Lorsque Bilken va découvrir son fils au fond de la cuve du Dieu, par exemple, lorsqu'il va réaliser que l'Ombre à fauté et que le Fléau va s'abattre sur son peuple.

La Gueule du Dragon est maintenant entièrement reformée. Les deux royaume à nouveau géographiquement séparés.

Et je ne crois pas être resté du bon côté.

CHAPITRE III

Urbimonium développait ses tentacules de pierre au nord et au sud du Bahr Aouk, dans les hautes plaines du Kouen Makan. En plein milieu d'Overmonde, c'était une ville proprement magnifique pour laquelle s'étaient longtemps entre-tuées des générations de guerriers commandés par les cruelles et rivales dynasties des Bilken et des Ortolan. A la fin d'une longue nuit d'horreur et de sang qui se perdait dans les mémoires avinées des mendiants de la Confrérie de Jaspe, un pacte entre Bilken Le Neuvième et Ortolan Le Fou avait scellé le destin de la ville.

Devenue zone franche par la volonté des sanguinaires tyrans repus de chairs torturées et, plus prosaïquement, fatigués de combats incessants, Urbimonium, “La Superbe”, dressait depuis plus de cinq siècles les hautes tours d'airain de ses remparts vers des cieux mordorés que les Mages jugèrent propices à la divination.

Les sectateurs de la Compagnie des Sortilèges

s'installèrent en effet au coeur d'Urbimonium. Cette secte aux innombrables ramifications regroupaient les magiciens venus des coins les plus reculés d'Overmonde. Dans les tavernes creuses des quartiers désolés, les conteurs parlaient d'un complet complot et inventaient la violence des épreuves du rituel d'admission.

Affronter les créatures diaboliques de l'Inframonde n'était pas la moindre de ces épreuves. Le néophyte, s'il s'était montré victorieux, rejoignait le Conseil de la Compagnie. Nombreux étaient les appelés, et rares les élus. Un bras du fleuve aux reflets jaunes qui bordait le flanc ouest de la ville avait souvent charrié les corps atrocement mutilés des apprentis sorciers. Ces cadavres aux sombres stigmates abandonnés sur le rivage, entre les poutres des pontons, rehaussaient le prestige terrifiant de la Compagnie des Sortilèges. Il n'y avait pas jusqu'aux princes des dynasties régnantes qui n'écoutaient ses sages conseils.

Les vieilles femmes racontaient souvent aux enfants terrifiés comment Créosias Bilken, dit Le Rebelle, avait été retrouvé déchiré comme un vulgaire parchemin sur la plus haute pointe de son château pour avoir flagellé en public son Maître des Rêves, membre éminent de la Compagnie. Un vent s'était alors levé, d'abord ridicule bourrasque dont avait ri Bilken Le Rebelle. Puis une tornade noire de cendres s'était formée, un cône gigantesque qui s'était abattu sur le prince et lui seul. Sa garde personnelle avait bien tenté de le soustraire au souffle démoniaque, allant jusqu'à l'attacher aux dalles du château, mais Bilken Le Rebelle fut soulevé avec la pierre ancestrale comme un fétu de paille. Il disparut dans le ciel tourmenté et quand la tempête se fut apaisée, le corps pantelant jouait la girouette en haut du donjon et un immense corbeau au plumage or et cendre croassait près de lui. Le Maître des Rêves avait disparu lui aussi, mais nul ne retrouva son corps. Cette catastrophe, et d'autres exploits, marquèrent à jamais les esprits. Nul ne s'opposa plus ouvertement au pouvoir de la Compagnie des Sortilèges.

***

Le soir s'étendait sur les chaleurs de l'été quand une caravane de marchands et un désespoir futile abandonnèrent Carlotta von Sacher-Boulba aux portes de bronze d'Urbimonium. L'été toujours régnait sur Urbimonium et le soleil dardait ses rayons sur les tourelles de garde quelle que fut la saison. On disait dans les ruelles les plus infâmes de la ville que les responsables de ce miracle céleste étaient les Mages de la Compagnie des Sortilèges. D'autres prétendaient qu'il n'y avait pas de miracles, et que seule la position d'Urbimonium au centre d'Overmonde pouvait expliquer ce "prodige". Les pluies parfois abondantes, malgré le soleil, et la végétation galopante n'en étaient-elles pas la preuve ?

Carlotta von Sacher-Boulba était bien loin des ces interrogations qu'elle laissait à la plèbe. Elle guida son cheval carapaçonné d'un alliage de métal forgé et de chair séchée vers les faubourgs de la ville. Les rues d'Urbimonium n'étaient jamais sûres et une femme seule et belle pouvait plus encore qu'un riche prélat exciter la convoitise des voleurs et pilleurs de tous poils.

L'inextricable réseau de lignes parallèles, perpendiculaires, dissemblables, confondues, répétées jusqu'à la nausée faisait de la cité un échiquier morcelé, un labyrinthe en perpétuel changement où le fer des dagues et des lances pouvait frapper à tout instant. Un lieu où la magie et la mort s'unissaient pour de sauvages bacchanales dont les plus pauvres et les plus faibles étaient les sanglantes victimes.

Il fallait être mage ou bien fou pour s'aventurer dans les tortueuses arabesques d'Urbimonium à la tombée de la nuit.

Carlotta von Sacher-Boulba saisit une pelisse dans sa sacoche et s'en couvrit les épaules. Sa poitrine voluptueuse se souleva comme elle se hissait sur les étriers. Le cheval se mit à hennir. Elle jeta un rapide regard vers le soleil qui coulait dans les eaux du fleuve. Déjà, les ombres des piliers des riches demeures des marchands d'Orient s'allongeaient sur les pavés de marbre ciselé.

Carlotta von Sacher-Boulba sut qu'elle n'atteindrait pas son but avant la nuit. Elle flatta le flanc de sa monture d'une main gantée de cuir, caressa son épée de pur diamant, prête à affronter les démons de la nuit ou les violeurs de bas-étage.

— Parfois ce sont les mêmes et ils ne sont pas très doués ! dit-elle à voix haute.

Elle se mit à rire en voyant fuir une cohorte de mendiants et trois notables escortés d'une milice nauséabonde. Bientôt Urbimonium serait déserte et tout être vivant deviendrait une proie de la nuit.

Elle eut encore un rire magnifique qui exalta sa chevelure rousse. Elle n'était pourtant pas folle et encore moins magicienne.

Mais dans ses veines palpitant sous une peau laiteuse, coulait un sang fougueux qui ne voulait craindre ni les ténèbres, ni les vieilles rumeurs.

D'ailleurs, avait-elle quelque chose ou quelqu'un à craindre ?...

Elle s'appelait Carlotta von Sacher-Boulba, et était, par la grâce du mystérieux et torve Lucilius Hygnivöom, plus farouche que n'importe quelle déesse d'Overmonde.

***

Saldan Tarek m'a toujours appris à ne pas me tromper et j'ai toujours été son meilleur disciple.

Après avoir évalué la nature de la catastrophe, je n'ai pas hésité un seul instant. Aussi bien en territoire d'Andalogne qu'en Ampélogne ennemie, ma vie ne valait plus un mirliflon. Mais mon visage était certainement moins connu du côté des sbires d'Ortolan.

J'ai donc traversé la Gueule du Dragon au pas de course, tel un lézard escaladant la roche. Le spectacle qui m'environnait était une sorte de quintessence de l'horreur. La montagne s'était reformée autour du corps des soldats et leurs chairs s'étaient mélangées à la pierre en une fusion fatale. Une forêt de bra ., de torses, de jambes, de têtes crevait le sol, inondée de lumière, déjà ruisselante de putréfaction sous le soleil zénithal.

Je suis maintenant en territoire ennemi. Mais ce mot n'a plus grande signification pour moi. Le prince Olrik est mort et le Fléau est désormais en marche — c'est en tout cas ce que nous enseignent les Maîtres des Rêves. La famille Bilken est maudite pour trois générations et tout noble vivant sur cette terre a pour consigne de me tuer.

La Gueule du Dragon émergeant des brumes qui descendent sur les contreforts des montagnes du royaume d'Ampélogne est hideuse. Je suis donc seul, en plein territoire ennemi, sans monture, à la merci des guerriers fous du prince d'Ortolan.

Et je serais plus seul encore si je foulais les riches prairies des terres qui m'ont vu grandir.

Le retour au royaume d'Andalogne m'est désormais interdit. A moins bien sûr que je ne veuille goûter aux séculaires supplices de la Maison des Bilken.

Mais je ne suis pas stupide. Mourir n'est pas encore mon destin et je lutterai jusqu'au bout pour ma vie. Saldan Tarek, mon Maître d'Armes vénéré, ne m'aura pas enseigné en vain les ruses des conflits.

Je suis prêt à me battre. Je suis prêt à me défendre corps et âme. Je suis prêt à affronter les humains d'Overmonde et les monstres de l'Inframonde.

Dès à présent et pour le restant de mes jours, je suis l'Ombre et je défends l'Ombre.

Chacun pour soi, messires, et les dieux pour tous !

Le prince Olrik était un fat et un pourceau. Le Dieu a bien fait de lui écraser son bubonique visage de capricieux puceau et de l'écarteler comme ces truies qu'on découpe aux banquets du Dieu Grawinfül.

Je haïssais le dauphin Olrik et Olrik me le rendait bien. Mais il est mort et je suis vivant.

Oui, l'Ombre est vivante et le restera. Telle est sa volonté. Je hurle ma joie avec tout l'air de mes poumons. L'écho répercute mon cri dans les hauteurs de la montagne. Puis revient le silence.

Et il faut que je me rende à la cruelle évidence : je suis quand même dans une satanée sombre souricière. J'entends déjà le galop des troupes de l'avant du prince d'Ortolan. Une fois la stupeur passée, je me rends compte qu'autour de moi l'hécatombe a laissé une marée de cadavres. Ça pue la mort aux frontières du royaume d'Andalogne. Des gémissements ultimes s'élèvent dans la nuit naissante. Des hurlements de loups montent de la montagne toute proche. Mon arme souillée de sang flatte ma cuisse. J'ai soif et j'ai faim. Mais je n'ai pas peur.

Je marche longtemps dans le charnier, à la recherche d'un signe que le destin voudra bien m'envoyer. Le galop et les mugissements des chevaux se rapprochent. La nuit est tombée comme un voile de deuil.

Je suis l'Ombre et je me drape dans ce voile qui est mon unique protection.

Les cavaliers entrent dans la passe. Le bruit des sabots est démultiplié par l'écho. Les naseaux des bêtes fument. Les cavaliers s'apostrophent et le cliquetis de leurs armes me renseignent sur leur nombre. Ils sont moins d'une quinzaine. Rien n'est perdu, si par malheur ils me trouvent.

Je me tapis derrière un rocher où les vautours se repaissent des viscères de trois cadavres. L'odeur de pourriture me rappelle les brouets de Dame Gerko, la digne femme de Saldan Tarek. Elle m'aimait comme son fils et je l'aimais comme ma mère. Mais son brouet épais aux herbes grasses et aux grumeaux noirs ne fut jamais un plaisir. Je préférais les caresses de Lelilla, leur plus jeune fille dont les petits seins en poire avaient un goût autrement savoureux.

Mais toute cette époque est loin. Foin des plaisirs de la chair tendre et des infâmes brouets !... Je tends l'oreille. Je me concentre pour entendre les paroles des cavaliers. Tout mon être devient immense oreille. Le pouvoir de l'Ombre est grand, messires !

Les fers des chevaux fouaillent la terre meuble.

— Holà, Lakilan, nous sommes déjà passé ici par trois fois... Et les chiens ne reniflent rien !

— Sa Majesté Ortolan ne nous accueillera pas avec plaisir si elle vient à savoir que nous faisons notre recherche en dépit du bon sens ! Il ne s'agit pas, Huberan, de trouver de ces champignons aphrodisiaques dont tu fais grand usage, mais l'héritier en second rang du trône d'Ampélogne !

— Si au moins ce chiard nauséeux voulait bien gémir ou pleurnicher pour nous attirer, nous ne gèlerions pas dans cet Enfer pour le restant de la nuit !

— Calme-toi un peu, Huberan ! Le prince d'Ortolan te tannerait le cuir avant de te l'arracher s'il savait que tu parles ainsi de son fils le plus jeune...

— Le prince d'Ortolan pissait encore au lit quand je guerroyais pour son père Kamir Ortolan III le Sage ! J'ai été le Maître d'Armes de la Maison Ortolan… Ne l'oublie pas !

— Je ne l'oublie pas et te rends hommage pour ton savoir.

— Eh bien, mon savoir et mes bourses de vieillard commencent à se plaindre de chevaucher depuis le matin pour un chérubin qui est peut-être déjà mort... Et puis fallait-il l'emmener à son âge dans ce genre de bataille ! C'est bien là une idée saugrenue de notre prince ! La peste l'emporte !

— Tais-toi, baron ! Tu vas nous apporter le mauvais sort ! Par là, les Dieux me soufflent que c'est par là que nous trouverons le prince Rachikarek, le Blond ! N'oublie pas la récompense en or que nous a promis le prince d'Ortolan, et tes bourses s'en trouveront ragaillardies !

— Mes bourses n'ont que faire d'un peu d'or, petit insolent.

— Mais les servantes du château qui les chatouillent sont peut-être d'un autre avis ! Ne me fais pas croire que ce sont tes seuls charmes qui t'attirent les grâces des beautés des cuisines.

— Eh, que crois-tu ? Elles savent que j'aime leurs nourritures secrètes et leur figues délicates.

— Ah, ah, ah ! Bien sûr ! Allez, par là et vite ! lance Lalikan en éperonnant son lourd destrier.

Huberan et les autres soldats le suivent et font une centaine de mètres avant de s'arrêter.

Les chiens n'ont pas flairé mon odeur de mâle vivant, car je me suis enduit le corps des viscères odoriférantes des cadavres alentours. Un camouflage efficace mais trop parfumé à mon goût.

Je vois descendre les cavaliers de leurs montures. Ainsi donc, dans la bataille, le prince d'Ampélogne a perdu son plus jeune fils. Je jubile en silence. Que meurent les chiens d'Ortolan n'est pas fait pour m'attrister.

Puis je réfléchis à deux fois, comme m'a appris à le faire Saldan Tarek. Mort, le bambin princier ne m'est d'aucun secours. Vivant, et si je le trouve le premier, il m'apportera la certitude de la vie sauve. En effet, les lois d'Ampélogne décrètent que celui, manant ou roi, gueux misérable ou gente damoiselle, qui sauvera un héritier du trône aura la vie sauve, et sera anobli quels que soient ses crimes passés. Des crimes, selon les lois d'Ampélogne, j'en ai plein ma besace. N'étais-je pas l'Ombre, chargé de protéger le dauphin Olrik ?

J'ai échoué dans ma tâche, et s'il l'apprend, le prince d'Ortolan m'en voudra plus encore que si j'avais tenté de l'assassiner.

Car les princes ne peuvent supporter un homme qui a failli à sa mission. Un code d'honneur qu'ils respectent malgré les guerres, et dont les hommes de ma condition sont à jamais exclus, leur fait obligation de tuer l'Ombre coupable.

Soit, soit, c'est de bonne guerre, messires ! Mais, aujourd'hui je vous tire ma révérence.

Je me lève, essuie les boyaux qui me collent à la nuque, sort de ma cache et marche dans la nuit. Si la chance et le sort des Mages me sourient, je trouverais ce misérable héritier. Sinon...

***

Carlotta von Sacher-Boulba descendit de cheval. La monture, harassée par trois jours de dur périple dans les Monts de l'Arkantara n'en pouvait vraiment plus. Carlotta fut prise d'une tendre pitié pour la bête qui l'avait sauvée lorsqu'une meute de hyènes affamées l'avait coursée dans le col d'Hallidor. Quelques féroces gueules avaient croisé le diamant tranchant de son épée, mais d'autres avaient réussi à mordre les jarrets du cheval. Le galop n'avait pourtant pas faibli. Frappant de taille et d'estoc, Carlotta avait fini par lasser les hyènes survivantes qui allèrent chercher plus douce pitance dans des villages reculés d'Overmonde.

Mais ces trois jours dans la montagne furent suivis par une semaine de sécheresse dans les dunes désolées du Mako, le désert où, disait la légende, croupissait le Grand Dormeur. C'était un féroce dragon au poitrail venimeux qui, lorsqu'il s'éveillait, pouvait brûler mille tentes et dix fois plus d'hommes d'un seul soupir de ses naseaux de feu. Carlotta n'avait rencontré ni le dragon ni la plus infime oasis cachée dans les dunes. Aussi, ce fut pour elle et pour son cheval une joie et une délivrance de voir les reflets du Bahr Aouk luire dans le soir.

En cette heure avancée de la nuit, peu lui importaient donc les quelques derniers pas qu'il restait à faire. Elle allait en effet rendre compte à Lucilius Hygnivöom de ses pérégrinations.

Elle en était là de ses pensées lorsque le gueux tomba devant elle. Elle sursauta. Porta la main à la poignée de son épée.

— Holà, holà, gente dame ! Crois-tu que je sois matière à rillettes ? Ne vois-tu pas que je suis plutôt un pauvre hère qui une belle chanson veut te chanter ?...

Le drôle de bossu se contorsionnait comme une limace. Carlotta ne quittait pas de l'oeil les masures noires qui bordaient la ruelle étroite.

Se battre en ce moment ne lui allait pas du tout. Elle aurait préférer être dans les bras veloutés d'un quelconque guerrier bien membré afin de tirer de ce parti au torse palpitant tout le savoureux suc. Le visage du beau et bestial Estèban Ruiz lui revint en mémoire. Oui, elle eut préféré être dans ses bras veloutés et bruns, forts et tendres à la fois, comme deux branches de chêne aux glands arrondis. Elle se passa la langue sur les lèvres, tous les sens en éveil.

— Quelle chanson, gente dame, veux-tu, hé, hé, hé...

— Je ne veux aucune chanson, je n'ai que faire de tes boniments ! Tiens, prends ça et décampe ! fit-elle en lui jetant trois mirliflons d'argent.

— Holà, holà, trop aimable et trop belle vous êtes, gente dame ! Que les Mages vous portent chance...

— File maintenant !

Elle voyait des formes mouvantes descendre des masures. Le bossu restait à gigoter devant le cheval, se tordant le nez d'une manière que Carlotta croyait impossible.

La peste, pensa-t-elle ! La peste !...

Les masses difformes avancaient et des grognements emplirent l'espace. Elle se retrouva entourée, en moins de temps qu'il n'en faut à une abeille pour butiner un pistil, d'une horde frémissante de pestiférés. La Confrérie de Jaspe utilisait souvent ceux-ci pour accomplir les basses besognes. Détrousser cadavres et abattre voyageurs esseulés. De plus, son inquiétant chef, Kolber le Sanguinaire, aimait à voir les pestiférés en rut violer des vierges enlevées dans les cloîtres de la Basse Ville. Carlotta, en un geste dont l'élégance n'avait d'égale que la célérité, avait brandi l'épée. Le diamant scintilla dans la nuit.

— Reculez, pendant qu'il en est encore temps,

bande de fous... Reculez, si vous ne voulez pas périr !

— Holà, holà, gente dame, sais-tu que ton petit bijou, notre Maître, Kolber le Sanguinaire, veux tâter ?

— C'est toi le premier qui va tâter DE mon petit bijou ! hurla Carlotta en faisant tournoyer l'arme qui décapita le bossu chanteur.

La tête vola en un bruit mat vers le premier rang des pestiférés et une exclamation de peur s'éleva lorsqu'elle percuta trois des malheureux.

Mais Carlotta savait qu'ils ne reculeraient pas. Elle pourrait encore en abattre trois ou quatre, puis la horde finirait par l'atteindre. Et, si elle ne mourrait pas terrassée par les coups ou violée sauvagement par l'inquiétant Kolber le Sanguinaire, elle succomberait au terrible Mal.

La peste !...

Elle n'hésita donc pas. Rejeta sa pelisse dans le dos. Sortit l'arme de métal noir dont la légèreté l'étonna encore. Sans regarder devant elle mais tout en tournant comme un derviche, elle appuya sur la détente et le feu décima le cercle des pestiférés. Les corps étaient projetés en arrière, le sang volant dans la nuit épaisse.

Puis ce fut le silence et quelques survivants qui s'éloignaient en gémissant, persuadés qu'un Mage était à l'origine de ce déluge de l'Enfer.

Haletante, Carlotta rangea l'arme. Elle essuya la sueur qui perlait sur son front et embuait ses yeux. Le cheval, la fidèle monture s'était enfuie à la première rafale. Les pestiférés ne mettraient pas beaucoup de temps à l'achever à coups de serpes et de faux. La famine les touchait les premiers et la moindre viande qui passait à portée de leurs armes ne valait pas cher.

Carlotta fit quelques pas vers le bout de la ruelle. Depuis son départ, deux ans auparavant, tout avait changé. Elle ne reconnaissait plus la configuration de la ville. Si Urbimonium avait été un animal, elle aurait été un croisement monstrueux entre un caméléon et un serpent. Mue et camouflage semblaient être les qualités premières de son architecture. On eut dit qu'un architecte démoniaque prenait plaisir à agencer pavés, portiques, fontaines et masures, palais et jardins pour que le simple mortel s'y perde jusqu'à ce que mort s'ensuive.

Ou bien était-ce la Compagnie des Sortilèges qui protégeait ainsi des caveaux secrets, de souterraines cellules ?

— Que vas-tu chercher là, mon enfant ? fit une voix dans son dos.

Carlotta fit volte-face, épée au poing.

Une nuée de cendres et de lumière descendait des cieux. Carlotta souffla, fit glisser l'arme dans son fourreau de peau.

— Pourquoi ne pas m'avertir des changements ? Je me fourvoie chaque fois dans ce labyrinthe !

— Mon enfant, mon enfant ! Crois-tu que ce soit facile pour moi de te joindre lors de tes voyages ? rétorqua la nuée en s'agglomérant à grande vitesse. La silhouette familière émergea peu à peu du nuage virevoltant.

— J'ai failli mourir à l'instant même ! C'est facile ça ?

— Mon enfant, mon enfant ! Etais-tu obligée d'user de cette arme ? Ce n'est pas très prudent ! Je dirais même que c'est stupide ! fit, en élevant la voix, Lucilius Hygnivöom.

Le Mage venait de faire un pas dans la blafarde lumière de la demi-lune. Carlotta en le voyant, et bien qu'elle eût depuis longtemps connaissance de son état corporel, sursauta comme en proie à un irrépressible dégoût.

— Par les cornes de Makartöt ! Je ne pouvais pas m'en sortir autrement ! Encore une chance que j'ai pensé à me munir de cette arme. C'était les pestiférés de la Confrérie de Jaspe et je n'avais pas envie de mourir ce soir.

— Tu sais quels sont mes infinis pouvoirs ! La peste est un ridicule ennemi dont je me moque...

— Moi pas ! La peste fait des ravages aux quatre coins d'Overmonde !

— Overmonde, ah, ah, ah ! Pour qui maîtrise les créatures de l'Inframonde, les petites misères d'Overmonde prêtent à rire ! Mon enfant, mon enfant... continua Hygnivöom en avançant la main vers Carlotta qui marchait dans la ruelle, droit devant elle.

— Bas les pattes, Le Mage... Ne me touchez pas !

— Je pourrais me montrer moins accueillant, siffla-t-il en se recroquevillant.

— Ah, ah, ah ! A moi de rire, Hygnivöom ! Sans moi, votre plan est un peu faible... Sans moi, votre destin est de croupir au fond de votre terrier d'alchimiste ! Sans moi, le Pouvoir vous est à jamais refusé !

— Mon enfant, mon enfant, continuons, je vous prie, ce dialogue commencé au clair de lune, dans l'hospitalière chaleur de... comment dites vous ? oui, de mon terrier d'alchimiste !

Une nuée similaire à la précédente enveloppa Carlotta et la souleva du sol. Elle vit près de son délicieux visage la noire morphologie pierreuse de Lucilius Hygnivöom et ne sut pas si elle avait envie de rire ou de hurler...

***

Mes antennes mentales me guident dans la nuit comme une chauve-souris. Le froid est vif à cette heure mais soudain ma quête est récompensée. Alors que les chevaux de Lalikan et Huberan piaffent toujours dans le silence de la steppe, j'entends un faible gémissement. Ce n'est certes pas celui d'un homme dans la force de l'âge et qui aurait mangé de l'épée par le côté tranchant.

Hé, hé, non, ce murmure plaintif, ce couinement où le hoquet le dispute au sanglot, c'est celui d'un petit d'homme. Et je suppose qu'il n'y avait pas aujourd'hui dans la bataille toute une pouponnière en marche. Je fais quelques pas sur la gauche et le découvre dans ses langes, protégé de plus par le corps éventré de sa nourrice, près d'un brasier qui achève de se consumer.

Le prince Rachikarek Le Blond, second fils du prince d'Ortolan.

La nourrice a eu le temps de le glisser dans l'antre chaud de ses viscères qui, c'est certain, ont dû refroidir depuis. Le dévouement de ces femmes m'impressionnera toujours. Même se sachant au bord de l'agonie, c'était la vie du prince qui lui importait le plus. A quelques mètres, un jeune guerrier noir est transpercé d'une volée de flèches et il tient pourtant encore son épée parée de chairs en décomposition à la main. Il a été tétanisé par une mort qui lui fut violente. Je reconnais l'Ombre de Rachikarek le Blond. Mon double en quelque sorte. Un petit peu plus mort, c'est tout. Mais le prince, lui, est bien vivant.

Je me penche vers le bébé. Il me regarde de ses yeux d'un bleu outrancier. Je lui tire la langue. N'est-ce pas un ennemi ? Mais lui me sourit puis semble rire ! Bah, tu me sauveras la vie, petit d'homme...

Je l'enveloppe le mieux possible dans ses langes, l'essuie des entrailles de la nourrice qui puent le ranci. Comment n'a-t-il pas vomi d'avoir passé là-dedans tant d'heures ? Les bébés sont de torves créatures, je dois le dire, messires !...

Je l'accroche sur mon ventre. Il me tend ses petites menottes. Gare à toi, prince ennemi, je n'ai pas mangé depuis longtemps et ta chair m'a l'air tendre et rosée à point !

Je prends une torche qui traîne dans le tas de décombres d'une charrette. Je plonge le tissu gorgé d'huile dans les braises qui fument toujours. Ma torche s'enflamme bientôt et je la dresse au-dessus de la tête, regardant au loin les cavaliers qui font demi-tour.

Ils m'ont vu. Je vais être fixé sur mon sort dans peu de temps.

Quand les cavaliers sont si près que je peux distinguer leurs traits, le prince Rachikarek se décide à me vomir tout son saoul sur le bas-ventre.

Pouah, maudites soient les torves créatures qui enchantent tant nos femmes !

— Qui es-tu, étranger ?

Lalikan s'est dressé sur sa selle, l'arme à la main. Les torches des cavaliers répandent des ombres dans tous les sens. Je porte haut et clair ma voix, en soulevant le bébé qui se met à pleurer.

— Je suis celui qui vient de trouver Rachikarek le Blond, seigneur Lalikan !

— Comment connais-tu mon nom, mécréant ?

— Ne comprends-tu donc pas, interrompt Huberan en mettant pied à terre. Ne comprends-tu donc pas que ce vilain était caché ici quand nous avons parlé ! Tu as la langue trop pendue, Lalikan, et tu as permis à ce fat de trouver avant nous l'héritier d'Ortolan...

— Je m'en vais le tuer ! hurle Lalikan en sautant de cheval.

Je fais trois pas en arrière, prêt à égorger le bambin si ces pourceaux veulent m'occire. Mais Huberan le Vieux a arrêté la fougue de son ami.

— Laisse ! C'est la vie du mouflet qui est en jeu. Et je ne veux en aucun cas risquer ma vie pour cet animal.

— Arghh ! Maudit soit l'étranger ! Quel est ton nom ? Réponds cette fois et ne fais pas de manière ! Ta vie est sauve, comprends-tu imbécile !

— Je suis sans doute moins imbécile que votre seigneuriale intelligence le croit, messire ! Si imbécile j'étais, ne serais-je pas déjà mort sous la lame de votre sabre ?

— Le fat a de la répartie, Lalikan ! Plus subtil que tu le croyais, ah, ah, ah ! La nuit est riche de surprise. Dis donc, toi, tu portes les armes de l'ennemi et ton costume me prouve que tu n'es pas un paysan... Alors, dis nous tout ! Je suis Huberan le Vieux, Maître d'Armes de la Maison d'Ortolan et nos lois te garantissent la vie... Maintenant, cesse de faire la pucelle effarouchée et parle !

— Je sais que vous êtes Huberan le Vieux, et sans doute le plus sage des deux !

— Je vais me l'occ...

— Du sang froid, Lalikan. L'étranger me plaît !

— Et vous avez fort justement deviné ! Je suis un digne membre du Royaume d'Andalogne. Je suis l'Ombre du prince Olrik !

— Le prince Olrik ? Il est ici ? s'écrie Lalikan en regardant à droite et à gauche.

— Que nenni, messire Lalikan. Le prince Olrik est mort.

Mon aveux est certes compromettant, mais ce qui intéresse les deux cavaliers est le sort de Rachikarek le Blond. Le bébé pleurniche fort. Huberan le premier part d'un rire gras et jovial. Il me tend son épée, gage d'un respect qu'ordonne la loi. Je la prends, m'agenouille en signe d'allégeance et lui rend son arme. Nos destins réciproques sont scellés. Les cavaliers savent que s'ils me tuent, la vengeance de la Compagnie des Sortilèges pourrait être grande. Seule la Compagnie peut décider de ma mort, maintenant que je suis le sauveur de Rachikarek. Un des soldats m'offre sa monture et je chevauche avec dans les bras la chair juvénile qui m'a sauvé d'un sort cruel. Je vais finir par l'aimer, ce sale mioche.

Lalikan et Huberan m'entourent, silencieux. Le château de Göttestein, fief des Ortolan, est à moins de dix milles de la passe du Dragon que je quitte avec joie.

Un seul nuage assombrit mon esprit. A la cour de Göttestein, il y a le sombre Mage Hyéronimus le Borgne. Il est bien le seul dont je ne puisse sonder les douteuses pensées. Les Mages sont investis d'un pouvoir qui les rend rétifs aux lois des princes. S’il lui prenait l’envie de faire de ma carcasse un gratin onctueux, je ne donne pas très cher de mes chances de survie.

Les douces lèvres de Lelilla m’effleurent l’esprit alors que les chevaux accélèrent le pas. Au loin, le soleil émerge pour accueillir une aube mordorée.

Je songe déjà à fuir vers Urbimonium la Superbe, où mes jours seront plus tranquilles. Dans les tavernes creuses dont m’a souvent parlé le dévoyé Olrik, je trouverai un repos bien mérité.

Je croise le regard profond d’Huberan le Sage. Il a la même corpulence que mon Maître, Saldan Tarek. Il a la même force tranquille. La même élégance lorsqu'il chevauche. La même confiance qui émane de son front large.

Et peut-être a-t-il, au château, la même fille. Une gourgandine qui connaît tous les secrets que me faisait partager Lelilla.

CHAPITRE IV

Hygnivöom achevait de se reconstituer. Carlotta reprenait ses esprits, quelque peu sonnée par son voyage en lévitation dans les méandres crépusculaires d'Urbimonium.

— Vous avez donc réussi à passer… murmura Hygnivöom en regardant l'arme que Carlotta portait en bandoulière autour de son épaule et qui pendait contre son flanc.

— Vous en doutiez, Lucilius chéri ?

Elle fit glisser la lanière de cuir. La pointe de l'arme toucha le sol en un délicieux bruit métallique.

— Et où l'avez-vous trouvée ?

— Je ne l'ai pas trouvée, ricana Carlotta. On me l'a donnée.

— Vous débarquez en pays étranger et un sombre crétin se prosterne déjà à vos pieds ?

— Estèban Ruiz n'est pas un crétin. Il est beau, fort, musclé et bien membré… votre exact contraire, en quelque sorte.

Hygnivöom pouffa.
— Estèban Ruiz… Quel drôle de nom !
— Ce terrier est une vraie fournaise, s'exclama Carlotta en ôtant sa pelisse.
Puis elle dégrafa son justaucorps en peau de méduse et dénoua les lacets de son pantalon de cuir.

Carlotta était maintenant en petite tenue et se frottait sans vergogne contre le corps calciné d'Hygnivöom.
Il s'embrasa instantanément.
Une longue colonne de feu qui alla lécher le plafond de son repaire.
Une lumière dorée illumina les fioles et les alambics, fit glisser des ombres menaçantes sur les crânes et les oiseaux empaillés qui encombraient les étagères.
Dans les bocaux, les fœtus de dragon parurent s'animer, prêts à faire éclater le verre d'un coup de langue bifide et à s'envoler en battant lentement l'air brûlant de leurs fines ailes diaphanes.
— Vous êtes sérieusement en manque, ironisa Carlotta.
La flamme qui jaillissait de la torche humaine disparut brusquement.
Hygnivöom avait retrouvé son apparence première. Carbonisé de la tête aux pieds, il ressemblait à un vieil arbre échappé d'une forêt incendiée. Deux yeux de braises rougeoyants étaient plantés tels des tisons ardents dans ses orbites fumantes.
— Ne vous amusez plus à ce petit jeu ! lança-t-il en essayant de retenir sa colère.

— Vous avez failli me brûler, se contenta de dire Carlotta. Vous n'avez aucune tenue.
Puis elle éclata de rire.

Lucilius Hygnivöom n'avait pas toujours eu cette forme repoussante, cette apparence de zombie carbonisé. Il avait été jeune et beau et avait été nommé Maître des Rêves du château d'Akralinta lors de l'accession au trône du prince Bilken. Un Maître des Rêves exceptionnel, capable d'aller sonder l'âme des Dieux dans les rivières de l'Inframonde, capable de faire de Bilken le prince du plus grand royaume d'Overmonde. Chose rare pour un Mage, Hygnivöom faisait preuve d'un appétit sexuel démesuré. Ce qui n'était pas pour déplaire à Bilken, également très attentif aux rondeurs charnues et aux fentes moites de ses servantes.

Mais Hygnivöom était allé trop loin ; on l'avait surpris en flagrant délit copulatoire avec la prime maîtresse du prince.

Le duel étant réservé aux membres de la noblesse de premier et de deuxième rang, il ne restait plus à Hygnivöom pour réparer son affront qu'à affronter le bûcher.

Hygnivöom n'avait pas cherché à récuser la sentence. Et les flammes avaient léché sa chair en crépitant. Mais Hygnivöom avait poussé l'art de la magie dans ses limites les plus reculées. Et, lorsqu'à la nuit tombée les dernières braises avaient achevé de se consumer, Hygnivöom était descendu de son piédestal de bois brûlé.

Il avait réussi à stopper la combustion de ses organes internes et à rester vivant dans un corps de cadavre.

Il savait aussi que le sortilège qu'il avait utilisé était difficile à maintenir et qu'il pouvait, à tout moment se transformer en torche humaine et finir lentement sa combustion jusqu'à ce que son corps ne soit plus qu'un brandon calciné.

Il avait quitté le château d'Akralinta dans la nuit et s'était mis en route vers Urbimonium en espérant que la Compagnie des Sortilèges ne lui interdît l'accès de la ville.

Il n'avait pu s'empêcher, malgré son inquiétude et les difficultés à mouvoir son corps, d'imaginer la face ahurie des lèves-tôt qui allaient constater sa mystérieuse disparition.

Carlotta von Sacher-Boulba avait fait une petite sieste et était maintenant en pleine forme. Elle avait enfilé une combinaison transparente, en soie d'araignée et contemplait les objets invraisemblables qui grouillaient dans la tanière d'Hygnivöom.

— A quoi vous servent tous ces oiseaux empaillés et ces avortons de dragon ? demanda-t-elle d'un air dégoûté.

— Les animaux morts ont cet avantage qu'ils ne réclament pas pitance souvent, ironisa Lucilius. Ils ne laissent pas non plus beaucoup de déchets sur leur passage. Pour tout dire, ils sont sages comme des images.

— Je n'en vois toujours pas l'intérêt.

Le Mage fixa Carlotta en imprimant un curieux sourire sur son visage caramélisé.

— Je vais vous faire un aveux, ma chère. Je sais tout de votre expédition au-delà de la faille.

Carlotta se rembrunit, fronça sa fine ligne sourcilière et rejeta ses longs cheveux de jais derrière ses épaules.

— Que voulez-vous dire ?…

— Voyez-vous, il n'y a rien de plus facile pour un Mage du dernier cercle — ce que je suis — d'investir les chairs mortes pour leur redonner l'illusion de la vie.

Ce disant, l'un des oiseaux, un faucon pèlerin, jaillit de son perchoir et fonça sur Carlotta.

Elle l'esquiva de justesse en baissant la tête.

Hygnivöom éclata de rire.

L'oiseau voleta un instant dans la pièce puis revint se poser sur son perchoir.

— Je ne vous crois pas. Vous m'avez dit vous même que votre pouvoir ne s'étendait pas au-delà de la faille.

— Je ne peux pas franchir physiquement cette barrière, je me consumerai aussitôt. Mais mon pouvoir peut y agir sur quelques milles encore… Estèban est un grand brun aux yeux verts, n'est-ce pas ? Et il n'a épargné aucun orifice de votre anatomie.

— Vous n'êtes qu'un sale démon ! hurla Carlotta, et vous méritez…

— Le bûcher ? la coupa Hygnivöom… C'est déjà fait ! L'un de ces oiseaux vous a suivie tout au long de votre voyage et ses yeux m'ont transmis tous vos exploits.

Carlotta se rua sur Hygnivöom en cherchant à marteler sa poitrine de ses poings mais elle ne fit que fouetter le vide.

Le nuage grisâtre se rematérialisa à l'autre bout de la pièce.

— Cessons ces enfantillages, voulez-vous ? Nous avons une mission à accomplir. Le reste importe peu.

— Parlez pour vous, immonde voyeur !

— Allons, allons, je sais que vous aimez ça ! Ce genre de détail n'est pas de nature à choquer une exhibitionniste de votre envergure…

Carlotta parut soudain se radoucir.

— A ce propos… j'ai envie de faire l'amour, dit-elle en passant un petit bout de langue sur ses lèvres humides, et si cela ne vous tente pas, je vous conseille de me trouver rapidement un homme digne de ce nom.

— Vous avez pensé au retour de flammes, ironisa Hygnivöom ?

— Pour ces choses là, je suis prête à affronter tous les risques, dit Carlotta en clignant des paupières.

Sa combinaison tomba sur le sol comme une toile d'araignée emportée par le vent.

CHAPITRE V

Les plus hautes tours du château de Göttestein commencent à se dessiner derrière la brume. On peut déjà en repérer une vingtaine. C'est le plus grand château d'Overmonde.

L'enceinte fortifiée, de forme septagonale, présente un chemin de ronde de cinquante-quatre milles qui peut être parcouru à cheval ou en chariot à voiles.

Le Donjon fait cent mètres de haut et l'on accède aux appartements princiers par une plate-forme mécanique.

Le château de Göttestein est entièrement truffé d'appareillages étranges. Le Maître architecte des Ortolan est un illuminé de génie. Il s'appelle Leonardo da Gaudi et est natif d'Urbimonium. En tout cas c'est ce que l'on raconte. Il a accepté de servir le prince d'Ortolan en échange d'une totale liberté intellectuelle et financière pour mettre au point ses inventions.

Contrairement aux Bilken qui ont vu se succéder

des générations de barbares sanguinaires, les Ortolan ont toujours manifesté sensibilité et intelligence, finesse et art de vivre. Ils ont toujours adopté une attitude défensive face au royaume ennemi et consacré leurs efforts à l'administration de leur royaume. “Ils ont cent ans d'avance sur nous”, me disait régulièrement Saldan Tarek, “mais la décadence les guette. Il n'y a pas de dynastie plus dépravée que la leur.”

La ville de Göttestein est édifiée à l'intérieur du boyau de pierre que constitue l'enceinte fortifiée. Une ville unique en son genre, large de deux cent mètres et longue de cinquante quatre milles.

Le petit dauphin en second ne braille plus depuis plusieurs heures. Il paraît calme et reposé. Après toute cette agitation, mes mains sont pour lui un véritable havre de paix. Lorsque je le regarde, il ne manque jamais de me lancer un sourire. Huberan approche sa monture de la mienne.

— Comment est donc mort le prince Olrik ?

— Il a été tué par votre Dieu.

Je n'ai pas envie de mentir à cet homme. Il m'inspire la même confiance que Saldan Tarek. Si ce n'était la présence de Lalikan, qui nous regarde en ce moment d'un œil torve et suspicieux, je crois bien que je considérerais les Maîtres d'Armes comme étant la seule confrérie respectable d'Overmonde.

Le front d'Huberan se plisse. Je comprends sa stupéfaction. Les dieux sont d'un pacifisme à toute épreuve. Ils n'attaquent jamais, se laissent même bêtement capturer.

— Olrik a voulu tuer votre Dieu. Et celui-ci l'a noyé.

— C'est préférable, se contente de dire Huberan.

C'est à mon tour de plisser le front.

— Si Olrik avait eu le loisir d'achever son geste, vous ne seriez plus de ce monde.

Et soudain la vérité me frappe. Le Dieu a tué Olrik pour éviter le carnage. La mort d'un dieu hors des rivières de l'Inframonde entraîne un cataclysme effroyable. Il a pensé qu'une mort était préférable à un massacre.

Huberan hoche la tête, comme s'il venait de lire mes pensées et les approuvait.

Nous arrivons devant le mur d'enceinte du château à la tombée de la nuit. Des milliers de meurtrières lacèrent sa façade lisse de fines griffures noires.

Nous franchissons un porche éclairé par deux longues enfilades de torches et pénétrons dans ce que l'on pourrait appeler la basse-cour de la fortification.

Des milliers de portes et de fenêtres se découpent sur la façade interne du mur d'enceinte. La ville proprement dite, la cité troglodyte établie dans la masse même du mur d'enceinte, est un serpent de pierre qui déroule ses anneaux sur des dizaines de milles.

La basse-cour est grouillante de monde. Des prostituées s'approchent aussitôt de nous en se pressant les seins et en se tapotant les fesses, en agitant frénétiquement leurs langues de vipères lubriques. Des revendeurs de philtre agitent des fioles multicolores à bout de bras tout en indiquant le sexe des prostituées.

“Du suc de crapauds des marais de Hurletemps,

Messires, rien de tel pour triquer comme un âne et bourrer à loisir ces belles donzelles"

"Du sperme d'âne et de rat, du sang de limace et de chat, vingt quatre heures de branle-bas !"

Toute cette faune est alerte et en bonne santé.

Le prince d'Ortolan prend apparemment bien soin de ses sujets.

Devant nous s'étend maintenant une eau noire et visqueuse.

Les douves.

Alimentées par les forces maléfiques des disciples de Hyéronimus le Borgne.

Des formes longilignes et fuyantes, anguilles ou serpents de mer s'y déplacent à toute vitesse. D'énormes pattes crochues ou des gueules remplies de crocs affleurent parfois à la surface en un gros bouillonnement d'écume.

Une raie volante des marais du sud vient planer un instant au dessus de nos têtes. Je sors aussitôt mon épée. Ce type de poisson est carnivore et n'hésite pas à étouffer des chevaux, des porvals ou des hommes en venant plaquer ses ailes sur les gueules ou sur les visages avant de pomper consciencieusement tout le sang de leurs victimes. Elles sont capables de rester ainsi plus d'une heure hors de l'eau, si nécessaire.

— N'ayez crainte, me dit doucement Huberan, c'est l'animal mort de Hyéronimus. Une simple tournée d'inspection avant de nous autoriser à pénétrer dans le château.

Le château.

Une véritable citadelle pour géants. Une forêt

minérale qui cherche à percer le ciel et, devant nous, de l'autre côté des douves, à une centaine de mètres environ, une tête gigantesque. Un tête hybride due au croisement entre un serpent et un taureau.

Une tête qui remue imperceptiblement et qui ouvre sa gueule en grinçant. En sort une énorme langue noire qui se dirige lentement vers nous, enjambe l'eau sombre des douves, vient se poser sur le sol, à nos pieds.

Une langue large de deux mètres, d'une vingtaine de centimètres d'épaisseur.

Et nous nous engageons sur ce pont de chair, vers la gueule grande ouverte du serpentaure, accompagné par le lugubre battement d'ailes d'une méduse morte.

CHAPITRE VI

Derrière eux, Urbimonium n'était plus qu'un minuscule point marron perdu sur la ligne d'horizon qui partageait le bleu du ciel et la crème du désert.

Les porvals marchaient au pas, avançaient lentement vers le crépuscule violacé qui inondait les collines de Marémanta.

— Est-ce que vous pouvez enfin me dire où nous allons, Lucilius ?

— Au château de Göttestein.

Carlotta s'était attendue à une réponse évasive, comme la veille, alors qu'Hygnivöom lui avait annoncé leur départ.

— Le combat de la Gueule du Dragon opposant l'armée de Bilken à celle du prince d'Ortolan a donné lieu à un véritable massacre. Les troupes de Bilken étaient venues en nombre pour attaquer Ortolan par surprise. Mnémostène est un Mage hors du commun et il aurait trouvé un subterfuge pour investir le château en douceur. Mais Ortolan a été prévenu…

— Par vous n'est-ce pas ?

Hygnivöom ricana.

— Quelle perspicacité !… Avant de monter sur le bûcher, j'ai tenu à offrir mon plus bel oiseau à Lelilla, la fille de Saldan Tarek, le maître d'armes des Bilken. Une perruche cristal du Fossé des Deux Lunes. L'oiseau était déjà mort, bien sûr, mais personne ne l'a remarqué. Les oiseaux du Fossé des Deux Lunes bougent très peu, s'envolent uniquement pour aller chercher un peu de nourriture et reviennent toujours près de leur point de départ…

— Vous pouvez donc, à tous moments, savoir ce qui se passe au château d'Akralinta ?

— Exactement, chère Carlotta… Et je sais ainsi qu'Olrik est mort, que son Ombre a disparu, que les soldats de Bilken ont récupéré le Dieu des Ortolan et que Hyéronimus le Borgne a été très gravement blessé et capturé par le prince Bilken.

— Mais alors… le château d'Ortolan n'a plus de Maître des Rêves !

— Votre perspicacité est effrayante, ma chère, je crois qu'à l'avenir je vais me méfier de plus en plus de vous.

Carlotta pouffa.

— Votre prudence est pourtant déjà démesurée ! lâcha-t-elle.

— J'ai profité de ce manque de protection pour envoyer un autre de mes volatiles au château de Göttestein. L'Ombre vient d'y arriver…

— Tout cela ne m'intéresse guère, dit Carlotta en éperonnant sa monture.

— Inutile de fatiguer votre porval, hurla Hygnivöom. Les collines de Marémanta sont encore loin ! Nous ne pourrons pas les atteindre avant la nuit.

Carlotta se retourna en souriant sur son porval lancé au galop.

— Vous me trouverez peut-être volage, cher Hygnivöom, mais je ne calcule pas, comme vous, la moindre seconde de mon existence. A plus tard !

Elle disparut dans un nuage de poussière ocre soulevé par l'arrière train piaffeur de son porval.

***

Le prince d'Ortolan a organisé un banquet pour fêter le retour de son ultime enfant.

Je suis libre de me déplacer dans la salle principale. Mais deux molosses bardés de cuir et de métal me suivent comme mon ombre. Cette situation cocasse plaque un sourire moqueur sur mon visage.

— Vous paraissez de bonne humeur, pour une Ombre en fuite, me lance Ralmon, le dauphin de premier rang.

Il paraît ne pas apprécier du tout ma présence en ces lieux.

Il doit peut-être, pour la première fois, réaliser qu'une Ombre n'est pas sans faille et qu'il n'est pas plus à l'abri de la mort que n'importe quel autre humain.

— Je trouve cette situation incongrue, dis-je en indiquant les deux molosses dressés de part et d'autre de mon siège comme des poteaux. De gardien, je suis devenu gardé.

Nous sommes une vingtaine, installés autour d'une énorme table en bois massif, elle même plantée au centre de la gigantesque salle à manger royale. Les serviteurs viennent d'apporter les entrées du repas de fête, improvisé en l'honneur du retour de Rachikarek le Blond. Et je commence à mieux saisir les propos de Saldan Tarek quand à la finesse et l'art de vivre des Ortolans… Lamelles de méduses bleues en salade arrosées de coulis de prunille, saurons de sangsues à l'étouffée, cubes de lamproies au sel… ma bouche est une vraie fontaine à salive.

En face de moi, de l'autre côté de la table, à droite de Ralmon, le prince d'Ortolan me regarde en souriant.

— Je ne vous ai pas fait exécuter parce que vous avez sauvé la vie d'un héritier royal. Votre cas est néanmoins unique. Vous êtes à la fois condamné à mort par votre négligence d'Ombre et intouchable par votre statut de sauveur. Il n'y a aucune jurisprudence en la matière et il conviendrait peut-être d'établir une nouvelle loi, en accord avec nos amis du château d'Akralinta et la Compagnie des Sortilèges, bien sûr… une loi qui permettrait d'écarter le dilemme en faisant pencher la balance dans un sens ou dans l'autre…

A cet instant, je me dis que Hyéronimus le Borgne va faire son apparition et cautionner fermement cette idée. Elle est peut-être même sienne avant d'être celle du prince.

Mais Hyéronimus ne se manifeste point.

— Pour l'instant un autre problème me tracasse, poursuit le prince d'Ortolan en avalant une grosse cuillerée de salade de méduse. Lalikan m'a fait part de ses doutes et, malgré l'avis contraire d'Huberan, en qui j'ai une totale confiance, je ne voudrais pas courir le moindre risque…

Le prince d'Ortolan plante alors rageusement son couteau dans la table et se redresse en hurlant.

— Qui me dit que tout ceci n'est pas un coup monté et que vous n'êtes pas là pour me tuer !?

Envolées, finesse et art de vivre. Comme tous les princes, Ortolan est un fou !

— Vous savez bien qu'une Ombre ne peut en aucune façon quitter son protégé. Si je suis ici, Olrik est forcément mort et s'il est mort je ne peux plus être à la solde des Bilken. Tout cela est mathématique.

Le prince pique de sa fourchette une grosse sangsue et la porte toute dégoulinante d'huile à sa bouche démesurément ouverte.

— Je crois que vous posez mal le problème.

— Je ne vois pas ce que vous voulez dire.

Ortolan se rasseoit et boit une gorgée de vin des coteaux du Bengistan. Autour de la table, la plupart des convives sont aux anges et se laissent aller à de sordides crises de fou-rire. Seul Huberan reste de marbre.

— Qui me dit que vous êtes vraiment l'Ombre du prince Olrik ?

— Mais vous-même et plusieurs membres de votre entourage ont déjà eu par le passé l'occasion de me voir sur un champ de bataille !

— C'est exact. Mais vous pouvez tout simplement ressembler — Ortolan appuye fortement sur ce mot, comme s'il voulait le mâcher et l'avaler avec une bouchée de saurons de sangsues — à l'Ombre.

— Je crois que vous avez intérêt à profiter de ce succulent repas, lui lance Ralmon. Il risque fort d'être le dernier.

Cet imbécile m'exaspère. L'exacte doublure

d'Olrik. Je lui souris et porte à ma bouche une grosse sangsue fumante.

— Vos cuisiniers sont excellents, dis-je, mais j'espère qu'ils vous sont fidèles et n'ont pas empoisonné les plats. Si ce repas doit-être pour moi le dernier, c'est qu'il doit l'être aussi pour vous.

Certains convives laissent échapper un petit rire, mais la plupart regardent leurs plats d'un drôle d'œil.

Huberan sourit pour la première fois.

Comme pour essayer d'exorciser ces paroles, les mains délaissent un moment fourchettes et couteaux et partent à la recherche de chairs tendres : fentes moites, verges dures, poitrines tièdes. Quelques odeurs destinées à épicer les plats selon le bon vouloir des intéressés.

Le vin coule à flots et la fête est maintenant définitivement lancée.

CHAPITRE VII

Hygnivöom a entendu un cri et a éperonné sa monture. Les collines de Marémanta se distinguaient à peine derrière le rideau de la nuit.

Un nouveau cri se répercuta entre les amoncellements de rochers qui parsemaient le désert du Mako.

La lune fit son apparition, découpant le relief des collines, éclairant le désert d'une lumière rosée.

Les cris étaient maintenant très proches.

Hygnivöom descendit de son porval l'attacha à un arbuste et se faufila silencieusement entre les rochers.

Ils étaient quatre, probablement des pillards.

Trois d'entre eux, à l'allure simiesque tenaient fermement Carlotta allongée sur une petite dépression sablonneuses.

Le troisième, apparemment le chef du groupe, un géant blond à la musculature imposante, faisait glisser le pantalon de cuir de Carlotta en riant. En voyant apparaître les fesses de la rouquine, ils laissèrent tous échapper un sifflet d'admiration.

— Sacré morceau, murmura le géant en glissant son membre imposant entre les cuisses de Carlotta.

Hygnivöom hésitait à intervenir. Il était quelque part satisfait de voir cette catin troussée par une horde de gueux mais il ressentait aussi une pointe de jalousie.

Le faucon mort et le dragon nain, tout aussi mort, qui les avaient accompagnés à très haute altitude depuis leur départ d'Urbimonium planaient maintenant à quelques centimètres au dessus du Mage.

Carlotta se mit alors à gémir.

— Mais elle y prend goût, la chienne, murmura Hygnivöom.

Il regardait le spectacle, les yeux exorbités. Les trois macaques avaient lâché Carlotta. Cette catin jouissait dans les bras du géant.

Il se retira et fit un signe de tête à l'un de ses acolytes.

Tous se passa alors très vite.

Carlotta bondit sur ses pieds.

Le brigand qui s'était approché d'elle pour prendre le relais tomba à la renverse. Un poignard était planté dans son front.

Carlotta fixa le géant droit dans les yeux. Il était médusé.

— Tes compagnons ne m'intéressent pas, beau blond. Et toi, tu ne me sers plus à rien.

Sa jambe se détendit à la vitesse de l'éclair et alla frapper le géant entre les jambes. Il s'écroula en hurlant.

Elle fut sur lui instantanément et une mince dague lui trancha la gorge.

Les deux autres brigands se regardèrent un court instant puis s'enfuirent en courant.

Carlotta se mit à rire en les voyant disparaître tel des lapins derrière les rochers.

Une succession de cris horribles déchira alors la nuit.

Après un tel spectacle, Hygnivöom avait grand besoin de se défouler.

Et le faucon picora les yeux de l'un des brigands jusqu'à ce que mort s'ensuive.

L'autre eut une mort plus rapide mais tout aussi peu esthétique.

Le dragon lui arracha la moitié du visage et carbonisa le reste.

***

Une ambiance orgiaque enflamme le banquet.

Et les bouches ne s'intéressent pas seulement aux pâtés de porvals sauvages ou aux panses de dragonets farcies.

Les deux cerbères qui m'entourent paraissent curieusement déplacés au sein de cette assemblée de dépravés.

— Je te propose un marché, l'Ombre, éructe le prince d'Ortolan tout en tripotant une matrone dépoitraillée qui se goinfre depuis le début du repas de saurons de sangsues.

— Je t'écoute.

Je lui répond d'un air las. Une fatigue autant mentale que physique commence à m'envahir.

— Si tu arrives à me prouver que tu es une

Ombre, je te rends ta liberté.

— Et dans le cas contraire ?

— Je ne pourrais plus rien faire de toi et même si je le pouvais, je n'aurais plus le loisir de te tuer. Tu vas affronter Vorass et Koriace. Si tu as les talents guerriers d'une Ombre, tu ne feras d'eux qu'une bouchée, sinon…

Une escouade de serviteurs s'est dépêchée d'emménager un espace libre, très près de la table, en face du prince d'Ortolan.

Ralmon a déposé une dague par terre, entre moi et les deux brutes.

C'est la seule arme utilisable pendant tout le combat.

L'entreprise parait risquée mais je n'ai pas le choix. Si je me dérobe, le prince d'Ortolan pourra alors prétendre que je ne suis pas une Ombre et que toute cette histoire est un gigantesque complot destiné à le tuer.

— Le combat est commencé, se contente-t-il de dire.

L'un des deux zombies, Vorass ou Koriace ?, rien ne les distingue vraiment, s'avance lentement vers la dague, l'autre se dirigeant sur le côté. Ils essayent déjà de m'encercler. Je plonge alors vers le sol, comme s'il s'agissait d'eau et que j'allais m'enfoncer dans le dallage.

Je glisse sur le marbre, attrape la dague au passage, passe entre les deux brutes et me redresse en souplesse.

Quelques convives, ceux qui ne broutent pas l'entrecuisse de leurs voisines ou le mandrin de leurs voisins, laissent échapper des soupirs d'admiration.

“Attention ! Tu viens de faire une bêtise. C’est ce qu’il voulait.”

La voix a brusquement jailli dans ma tête. L’espace d’un instant j’ai cru être fou, puis manipulé par un Mage.

“Rien de tout cela. Ne cherche pas pour l’instant à savoir qui je suis. On verra ça plus tard. Ne fonce surtout pas vers l’un des deux molosses pour l’embrocher avec ta dague. Il ne te lâchera plus. Il ne ressentent pas la douleur. Voilà… c’est ça, danse un peu !”

J’esquive l’un des deux molosses et lui donne un coup de dague dans l’épaule. Il ne se plaint pas. N’affecte aucune mimique.

“Tu vois, l’homme qui porte une jaquette noire, à gauche du prince… C’est le Mage Altérak. C’est un émissaire de la Compagnie des Sortilèges. Il est arrivé ce matin. A mon avis, tu tracasses beaucoup de monde… Vorass et Koriace sont a moitié décérébrés. C’est lui qui les manipule.”

J’ai tout de suite compris que je pouvais m’entretenir avec cette “voix” à la vitesse de la pensée.

“Si ce que tu dis est vrai, où est Hyéronimus le Borgne ?”

“Hyéronimus a été gravement blessé à la Gueule du Dragon. Il est prisonnier des Bilken.”

“Mais alors… sans le Mage Altérak, le château de Göttestein n’est protégé par aucune magie ?”

“C’est à peu près ça… attention à Koriace… sur ta gauche… plante ta dague ! Voilà ! Saloperies d’anencéphales !”

“Qu’est-ce que tu racontes ?”

“Aucune importance… Tu veux sortir d’ici vivant, je présume ? Inutile de répondre… Eh bien, il ne te reste plus qu'à planter la dague dans la poitrine d'Altérak !"

Je ne me pose plus de questions sur cette voix qui déblatère sous mon crâne. Je ne sais pas d'où elle sort mais je sais qu'elle a raison.

Je me laisse volontairement bousculer par Koriace et roule près de la table du banquet. Je peux maintenant différencier les deux lourdauds. L'un saigne abondamment de l'épaule, l'autre de la hanche.

Leur tactique — la tactique d'Altérak — est maintenant lumineuse. Il veut sacrifier l'un des molosses... que ma dague aille se planter dans son ventre pour que ses bras puissent me serrer tendrement contre sa poitrine. Un rôle probablement dévolu à Koriace. Il ne resterait plus alors à Vorass qu'à me briser la nuque.

Je m'accroupis, la dague levée, donnant l'impression de vouloir bondir sur Koriace et, au dernier moment, alors que mes jambes se sont déjà détendues, je pivote d'un quart de tour sur moi-même, passe entre deux convives attablés, glisse au milieu des victuailles et vient terminer ma course dans les bras du Mage Altérak qui laisse échapper un curieux hoquet.

Altérak n'a plus bougé.

Je me suis retiré, lentement. Les rires et les cris se sont tus comme par enchantement. Vorass et Koriace se sont immobilisés, la bouche ouverte, comme s'ils étaient soudain privés d'air.

Altérak est blanc comme un linge, la dague enfoncée jusqu'à la garde dans son sternum.

Je me suis retourné lentement vers Ortolan.

— Vous mettez encore ma parole en doute ?

Il bredouille, postillonne. La honte, le mépris et la colère passent en rafale de tics sur son visage rougeaud. Puis il se calme aussi soudainement que ce qu'il s'est emporté.

— Certainement pas. Vous êtes un homme libre, l'Ombre... Et un homme mort, rajoute-t-il en souriant.

Je le prive aussitôt du plaisir qu'il pensait éprouver en m'annonçant la sentence.

— Je viens de tuer un observateur de la Compagnie des Sortilèges, c'est bien ça ?

Ortolan s'empourpre à nouveau.

— Sortez ! fichez le camp d'ici ! Et que je ne revoie plus jamais votre sale gueule d'Ombre.

Je ne me le suis pas fait dire deux fois.

CHAPITRE VIII

Ils venaient de franchir la passe nord des collines de Marémanta et ils allaient quitter la zone franche du désert du Mako pour pénétrer en territoire d'Ampélogne.

Ils avaient chevauché toute la matinée sans s'adresser la parole.

— Nous allons faire une halte, ordonna Hygnivöom. Tu poursuivras le voyage toute seule. Mes pouvoirs peuvent s'étendre jusqu'au château de Göttestein. Je serai en permanence avec toi.

Il jeta un coup d'œil au faucon et au dragonet morts qui planaient à la verticale de leur position.

— Vous ne m'avez même pas indiqué quel est le but de cette mission.

— Arrête ton porval. Nous allons manger. Il est temps de te mettre au courant de quelques données fondamentales concernant mes projets... As-tu déjà entendu parler de la Confrérie des Faiseurs d'Anges ?

Carlotta secoua négativement la tête tout en

descendant de cheval.

Il s'installèrent sur des roches plates et commencèrent à manger des larves de bricandogs fumées.

— Les membres de cette confrérie vénèrent les dieux de l'Inframonde de façon absolue et savent tout ce qu'il est possible de savoir à leur sujet. Leurs prêtres sont en contact permanent avec les Dieux qui nagent dans les rivières souterraines et également avec ceux qui servent de relais magiques aux Maîtres des Rêves… J'ai fait partie pendant dix ans de cette confrérie et j'entretiens toujours d'excellents rapport avec les prêtres de ma génération.

— Votre histoire ne m'intéresse qu'à moitié, Hygnivöom ! Vous devriez goûter les rognons de gilmungs, ils sont excellents…

— Ne soyez pas toujours aussi impatiente, Carlotta… Dans un petit instant, mon histoire va vous intéresser au plus haut point.

— Tout ce qui m'intéresse, Hygnivöom, c'est rayer de la carte le château d'Akralinta et clore une fois pour toutes cette dynastie de brutes sanguinaires. Nous avons une vengeance commune à régler et si je vous écoute et suis prête à exécuter vos ordre, c'est pour cela. Uniquement pour cela ! Je sais que vos ambitions ne s'arrêtent pas là… mais le reste ne me regarde pas. Si vous voulez mettre à vos pieds la totalité d'Overmonde, c'est votre problème. Moi, tout ce qui m'intéresse, c'est de faire sauter à la poêle les bourses de Bilken le rouge, de Bilken le violeur !!!

Carlotta s'était levée et la colère étincelait dans son regard.

— Le château d'Akralinta sera bientôt rayé de la

surface d'Overmonde, n'ayez crainte ! Mais, dites-moi, Carlotta, comment se fait-il qu'une femme qui manifeste autant d'ardeur sexuelle que vous peut réclamer une telle vengeance pour une banale histoire de viol ?

— Ils étaient trois. Bilken et ses deux cousins, Amos et Samos. Ils ont colmaté toutes les brèches comme les béliers à l'assaut d'une forteresse ! J'avais douze ans et j'étais encore vierge.

— Effectivement, ça marque.

— Votre humour est légèrement déplacé, Hygnivöom... Je crois qu'il vaut mieux que vous continuiez votre histoire.

— Eh bien, à une certaine époque, alors que j'étais le Maître des Rêves des Bilken, nous décidâmes de tenter une folle expérience. Essayer d'accoupler un Dieu et une humaine. Les pauvres femmes moururent toutes noyées ou éclatées par les membre volumineux de leurs amants. Nous avons alors essayer de prélever de la semence divine pour l'injecter dans le vagin d'une femme. Une servante du nom d'Anaseth. Quelques mois plus tard, elle mettait au monde des jumeaux. Un garçon et une fille, parfaitement humains. La servante étant particulièrement volage et nous en conclûmes rapidement qu'il s'agissait du produit d'une coucherie que la servante nous avait cachée. Elle fut aussitôt écartelée et les gamins séparés et adoptés par des paysans d'Andalogne.

— Triste histoire, conclut Carlotta en débouchant sa gourde. Mais ça ne m'intéresse pas plus que le reste.

Un vague sourire se dessina sur le visage caramélisé d'Hygnivöom.

— Aujourd'hui, je ne suis plus très sûr que la

servante nous ait trompé… Les deux gamins ont été élevés en milieu paysan et ont eu droit à une instruction sommaire, le garçon est pourtant devenu une Ombre, faisant preuve de réflexes et d'une force de raisonnement exceptionnels. La fille est, quand à elle, douée d'une agilité et d'une adresse surprenante et, de plus, elle est capable de franchir les failles entre les mondes…

Carlotta faillit s'étrangler. Elle se redressa brusquement en recrachant la gorgée d'eau qu'elle venait d'avaler.

— Qu'avez-vous dit ?

— Ce que vous avez entendu et rien de plus, Carlotta. Ce que vous avez entendu et que vous commencez à comprendre…

***

"Venez voir, venez voir !" disait Hyéronimus, "Il sort."

Il y avait le prince d'Ortolan, le Maître des Rêves et Raskaal le sanguinaire, le frère du prince, mort depuis, tristement poignardée par une prostituée des bas quartiers d'Urbimonium. Dans la cuve, ma mère bougeait à peine, j'étais si petit ! Un Dieu de pacotille… Mais je comprenais déjà tout ce qui se passait, depuis longtemps, depuis tous ces mois passés dans le noir de son ventre.

Lorsque je suis sorti, ils ont d'abord été fortement déçus, puis ils ont éclaté de rire. Ils avaient voulu prendre le contre-pied des Bilken. Ceux-ci avaient essayé d'accoupler un Dieu avec une humaine, sans succès apparemment… Ils essayèrent donc d'accoupler un humain avec une

Déesse. Et ils obtinrent quelque chose qui ne ressemblait à rien, qu'ils ne jugèrent pas viable.

C'est vrai, je ne peux pas bouger, je ne peux pas parler, mais depuis le ventre de ma mère, je suis capable de lire dans la tête de tous les hommes qui m'environnent comme dans un livre ouvert et je peux aussi parler avec les dieux et les déesses qui nagent le long des rivières de l'Inframonde. Tu es le premier humain avec qui je peux converser de la sorte, l'Ombre, ce qui me fait dire une chose… Les expériences des Bilken n'ont peut-être pas été un échec total !…

Je l'ai laissé parler. Il est tard, très tard, ou très tôt, c'est selon… Je me suis assis sur un banc, près de la sortie principale de la ville. Une ou deux prostituées tournent autour de moi comme deux vieilles lunes autour d'une planète malade. Le jour ne devrait pas tarder à se lever, la basse-cour à s'animer et les membres de la Confrérie des Sortilèges vont se mettre d'une minute à l'autre à mes trousses.

Et l'autre émanation qui m'annonce que je suis peut-être un demi-dieu… Pourquoi pas ! Depuis le combat de la Gueule du Dragon, plus rien ne m'étonne. Les événements s'enchaînent d'une curieuse et implacable manière…

“C'est pour cela que la Confrérie des Sortilèges voudrait m'éliminer ?”

“Je dirais plutôt que cette ingérence de la Confrérie corrobore mon hypothèse. Quand à savoir pourquoi ils veulent te tuer… j'ai essayé de sonder Altérak, mais il était totalement plombé… Ecoute, je crois qu'il n'y a plus de temps à perdre. Si tu restes encore une heure ou deux dans le coin, tu es un homme mort”

“Un demi-dieu mort, tu veux dire !”

Et l’Ombre éclate de rire sous le regard médusé des prostitués.

“Il ne te reste plus qu’a venir me chercher… Tu ne vas pas me laisser croupir ici pendant le restant de mes jours, n’est-ce pas ? Et puis, à nous deux, nous formons une sacrée équipe, non ?”

“Venir te chercher… Mais où ça ?”

“Excellente question… la réponse est très proche. Tourne-toi un petit peu, voilà, regarde la base du château, là ou la basse-cour s’interrompt pour laisser la place aux…”

“DOUVES ?!”

Il a réussi à me convaincre. De toute manière je n’ai plus rien à perdre. Soit je suis vraiment un demi-dieu et je me dois de tester mes pouvoirs, soit je ne suis qu’une Ombre et tous les sortilèges d’Overmonde vont bientôt s’abattre sur moi.

A mes pieds clapote une eau noire et visqueuse.

Griffes et queues fouettantes m’invitent à reculer, à m’éloigner le plus loin possible de ces sombres profondeurs infernales.

Au lieu de cela, je plonge.

***

Carlotta se présenta à la porte ouest de la ville de Göttestein. Elle avait galopé tout la journée et même pour une porvalière aussi aguerrie qu’elle pouvait l’être, il s’agissait là d’une rude épreuve. Mais Hygnivöom lui avait dit que l’Ombre ne moisirait probablement pas très longtemps au château de Göttestein et qu'il fallait l'intercepter avant son départ.

Il lui en avait fait une description sommaire et avait conclu : de toute façon tu ne peux pas ne pas le reconnaître. Elle ne croyait toujours pas à cette histoire de demi-dieu. L'idée était plutôt séduisante mais trop extravagante à son goût. Elle serait donc une demi-déesse ! Et cette Ombre qu'elle devait réceptionner, son frère ! Elle éclata de rire.

Et ce n'était peut-être pas le moment.

Elle venait de pénétrer sous le porche d'accès de la basse-cour de Göttestein.

Un officier des douanes au faciès aquilin la héla.

— Holà, étrangère… Approche-toi donc.

Elle eut envie de faire la sourde oreille mais ce n'était vraiment pas le lieu ni le moment de déclencher une bagarre.

— Sais-tu que seuls les étrangers faisant commerce ont accès à cette ville ? La cité du prince n'est pas une cité de villégiature!

— Et qui vous dit que je ne viens pas ici pour faire commerce ?

— Tu vends peut-être des saurons invisibles, railla l'officier.

Son compagnon, un garde au faciès grêlé comme une râpe à fromage, pouffa en postillonnant sur plusieurs mètres à la ronde.

— Le commerce dont je veux parler ne nécessite peut-être rien de plus que ce que je porte sur moi… si vous voyez ce que je veux dire…

L'officier déglutit en fixant son regard sur la poitrine de Carlotta, à deux doigt de jaillir de son corset en cuir.

— Il y a peut-être moyen de s'arranger, étrangère !

— Ah, bon ! graillonna l'anencéphale bubonique.

L'officier le regarda d'un air sévère.

— Cet homme, là-bas me paraît louche. Contrôle-le !

Le gnome s'exécuta.

— A nous deux, ma belle.

Carlotta sourit.

— Si je vous prouve que j'ai effectivement pas mal de choses à vendre dans cette charmante ville, me signerez-vous un laisser-passer ?

— Suis-moi, nous allons voir ça tout de suite.

***

J'ai l'impression de nager depuis des heures. Et cela doit probablement être le cas. Les démons aquatiques ne m'attaquent pas. Au début, ils ont hésité et j'ai dû éviter maladroitement quelques coups de griffes, quelques clappements de gueules dentées.

"Tu es maintenant suffisamment à l'aise dans ton nouvel élément pour venir me chercher"

Je l'avais oublié celui-là. Il vient de rompre en un instant la sphère de sérénité dans laquelle je commençais dangereusement à m'enliser.

"Au stade où en sont nos relations, j'aimerais bien que tu m'indiques ton nom. C'est plus facile pour communiquer !"

"Je le voudrais bien mais je n'en ai pas. On ne m'en a jamais donné. Vois-tu, dès que ces maudits humains à la noix ont jugé que je n'étais qu'un avorton muet ils m'ont tout de suite mis à la poubelle. Heureusement pour moi, le contenu de la poubelle en question a terminé sa vie d'ordure dans les douves du château. Je croupis dans ces eaux depuis vingt ans. Tu m'entends ? Depuis vingt ans…"

"Ecoute, je ne t'ai pas encore vu mais on ne peut que t'imaginer petit et bavard. Que dirais-tu de t'appeler Moustik ?"

"Ce n'est pas plus ridicule que de s'appeler Ombre. J'accepte… Tu sais, lorsque je me suis retrouvé dans l'eau, j'ai essayé de nager, mais sans grand succès. Mes membres sont trop petits et trop faibles. J'ai donc été obligé de me laisser porter par les faibles courants qui sillonnent les profondeurs des douves, un véritable labyrinthe. J'ai fini par m'immobiliser contre une grille de filtrage. Je suis là depuis deux ans. Par chance, cette grille n'a pas été contrôlée depuis. Alors, tu te sens prêt à jouer à l'anguille et à te faufiler dans les recoins les plus reculés de ce charmant univers ?

***

Carlotta ne savait pas trop bien comment elle allait procéder. Vu ses compétences, pénétrer dans l'enceinte de la ville fortifiée n'avait pas été une affaire trop délicate. Mais le plus dur restait maintenant à faire.

Se mettre en faction près de l'entrée principale et observer toutes les allées et venues du château de Göttestein ? Ne pas rater le moindre passage sur le pont-levis ? Trop dangereux à long terme et quasiment impossible à réaliser.

Son charme et son savoir plaire lui était de peu d'utilité. La méfiance du prince d'Ortolan était telle que la moindre erreur, aussi minime soit-elle, de l'un de ses serviteurs se soldait par un écartèlement en place publique. Inutile d'essayer de soudoyer qui que ce soit !

Elle s'assit sur un empilement de caisses, au bord des douves. Les démons jacassaient dans l'eau noire. Et elle ne put s'empêcher de rêver, de porter un quelconque crédit aux paroles d'Hygnivöom. Etre capable de franchir une faille ne faisait pas forcément d'elle une demi-déesse mais à bien y réfléchir, c'était certes troublant... Elle avait peut-être d'autres pouvoirs, après tout... qui pouvaient peut-être lui permettre de pénétrer dans le château de Göttestein... Restait encore à déterminer lesquels. Déplacer des objets à distance ? Voler ? Commander aux animaux ? S'emparer de la pensée d'un autre humain ?

Elle se surprit à essayer de vérifier successivement ces diverses hypothèses.

Et elle se vit soudain, assise sur un empilement de caisse en bois, le visage plutôt ravagé par une journée harassante et le foutre d'un officier des douanes, en train de plisser front et paupières pour essayer de faire jaillir de son crâne un quelconque pouvoir.

Je vais finir par me faire repérer et embarquer comme une dingue, pensa-t-elle en souriant.

“C'est possible.”

Carlotta sursauta. Elle regarda tout autour d'elle. Il n'y avait personne.

“Ne t'inquiète pas, poupée, ce n'est que moi, Moustik... Inutile de me chercher, je suis dans ta tête, tu devrais plutôt...”

— Alors beauté, on est venu vendre sa fente

dans la basse-cour de ce chien d'Ortolan ?

Carlotta ne comprenait plus rien à ce qui se passait.

Elle se tourna vers la nouvelle voix qui venait de se manifester.

Et elle vit Beau blond tout sourire. Il avait un énorme pansement rougeâtre autour du cou.

Elle n'eut pas le temps de faire quoi que ce soit. Beau Blond se rua vers elle et la propulsa vers la noirceur des douves.

Elle eut l'impression que sa chute ne se terminerait jamais.

CHAPITRE IX

Hygnivöom avait vu L'Ombre disparaître sous l'eau noire des douves.

Et maintenant, quelques heures plus tard, c'était au tour de Carlotta.

L'Ombre n'avait pas reparu et Carlotta ne donnait pas l'impression de vouloir refaire surface.

"Ils ont fini par se retrouver", se dit-il, "j'espère simplement que ce n'est pas au pays de la Mort."

Mais tout en pensant cela, Hygnivöom souriait. Il s'agissait de demi-dieux, après tout, et ils ne pouvaient pas mourir d'aussi ridicule façon. Et puis l'Ombre avait plongé volontairement dans l'eau noire…

"Il veut faire croire qu'il s'est suicidé. Oui… c'est cela ! Les demi-dieux peuvent vivre sous l'eau et l'Ombre a pensé qu'il était temps pour lui de s'effacer, de se refaire une virginité… Une idée de génie !"

Les douves étaient alimentées par le Béryltérion, un bras de la rivière des Eaux de Lune.

Le faucon mort qui planait depuis plusieurs heures à la verticale de Göttestein abandonna son compagnon le dragonet pour se diriger vers le sud, vers les zones marécageuses où les eaux noires du Béryltérion prenaient naissance.

***

Je me prépare à rejoindre Moustik lorsqu'il m'indique une direction proche où une surprise m'attend.

Pour une surprise, c'est une surprise.

Une femme, allongée au fond des douves, des eaux légères et chargées de maléfices.

Un monstre à la gueule démesuré se prépare à refermer ses mâchoires sur le charmant visage de la jeune fille.

Il détale en me voyant approcher.

Il m'est difficile de bien distinguer ses traits derrière cette eau noire et peu éclairée, mais la femme est incontestablement vivante et cela est plutôt de nature à m'effrayer.

"Je crois bien qu'il n'y a qu'une seule explication"

"Je vois ce que tu veux dire, Moustik. Mais tu ne crois pas qu'un tel concours de circonstance soit possible, tout de même !?"

"Certains événements peuvent être provoqués, l'Ombre. Tu es bien placé pour le savoir. Et elle n'est peut-être pas là par hasard. Elle s'appelle Carlotta et pense être la fille d'une famille de paysans, les Sacher-Boulba, princes déchus des hauts plateaux du Bounderdgian et sujets des Bilken depuis cinq générations. Ça colle !"

"Quoi qu'il en soit, le moment et le lieux sont peut-être mal choisis pour jouer aux devinettes... Quelle est la nouvelle marche à suivre ?"

"Ne t'inquiète pas. Je vais essayer de lui résumer la situation. Si elle accepte l'improbable, vous n'aurez plus qu'à me retrouver. Plus on est de fous, plus on rit, c'est une de vos devises à vous, les humains, n'est-ce pas ?."

"Où vois-tu un humain dans le coin ?"

"Excellent, l'Ombre ! Tu progresses à une vitesse inouïe. Je crois que nous allons faire de grandes choses ensemble."

"Essaye tout de même d'en savoir plus. Ce qu'elle vient faire ici, par exemple."

"Message reçu... Elle est pas mal, non ?"

"Qu'est-ce qui te fait dire ça ?"

"Je suis dans ta tête, l'Ombre, et je vois par tes yeux ! Et si tu vois la même chose que moi, l'inceste ne va pas être facile à éviter !"

***

Le prince d'Ortolan et ses sbires les plus morcelés par les galantes ripailles qui se prolongeaient tard dans la journée, et ce depuis plus de deux jours, avancaient en titubant sur le chemin de ronde des murailles, à l'ouest du château de Göttestein. Les derniers rayons du soleil agonisant allongeaient les ombres des hommes soudés à leurs armes nues.

A cent mètres en contrebas, le dauphin Ralmon l'Audacieux, accompagné de son fidèle giton, le barde Ery à la mélodieuse voix, foulait les pavés de la basse-cour d'une façon qui ne laissait rien augurer de bon. L'heure, à l'évidence était grave. Le prince d'Ortolan, revenu sur sa parole, avait décidé de mettre fin aux jours enchantés de l'Ombre avant que les mages de la Compagnie des Sortilèges ne s'en chargent.

Sans doute un os de dragonet ou de serpentaure lui était-il resté en travers de la glotte lorsque le chef des petits pages, le zélé Kurväl, lui avait laissé entendre que des putains de bas-étage avaient vu l'Ombre plonger dans les douves pour n'en point reparaître. Et un corps ballonné, gigotant au gré des flots, tardait depuis maintenant fort longtemps à prouver une mort certaine de l'Ombre.

Comme d'habitude, le dauphin Ralmon, son Ombre et le barde Ery effectuaient un curieux ballet dont ils étaient les seuls à connaître les passes. L'Ombre s'effaçait, Ery en rajoutait et le dauphin faisait comme si de rien n'était.

L'Ombre du dauphin Ralmon était toujours bardée de cuir de la tête aux pieds et son visage était aussi inexpressif qu'un serpentaure anencéphale.

Supporter le dauphin et son giton à longueur de journée n'était certes pas une sinécure. Mieux valait se couper du monde et ne rejoindre la réalité qu'en cas d'impérieuse nécessité.

Le prince d'Ortolan s'avança vers le bord du chemin de ronde. La rage déformait hideusement ses traits.

— Holà, Ralmon, mon fils, toujours rien ?

— Toujours rien, Altesse... Cette Ombre est

plus retorse que nous ne pouvions l'imaginer !... A moins qu'elle ne se soit faite dévorer par l'un des monstres qui peuplent ces douves !

— Que nenni, mon fils ! Les catins, maudites soient-elles, l'ont vu nager tranquillement, entouré par ces bestioles comme s'il leur chantait une douceureuse mélopée !

— Peuh, peuh ! marmonna le barde Ery, il n'y a à Göttestein qu'un être capable d'apprivoiser la violence par le talent de sa glotte et je veux encore croire que c'est moi !

Il fit quelques pas dansants et tira sa révérence en une ample gestuelle à l'allure trop féminine pour ne point énerver le prince d'Ortolan.

— Calme moi cet abruti de barde, mon fils ! Ou c'est moi qui lui ferait tâter de ma dague par un endroit dont il sait fort user et abuser !

— Votre Altesse est trop généreuse !

— Tais-toi, Ery, le coupa Ralmon l'Audacieux qui, malgré son surnom, ne voulait pas risquer de voir son partenaire de toutes les turpitudes finir empalé par les bons soins de son père dont il devinait l'énervement grandissant.

— Votre Altesse pourra faire passer Huberan et Lalikan par les contreforts sud, je prends quelques hommes pour explorer les boyaux de pierre de ce côté-ci ! Ne vous inquiétez pas, Altesse, l'Ombre n'échappera pas à votre fils bien-aimé...

— Je préfère ce genre de promesses, Ralmon ! Je serais bien trop désolé de nuire à tes orgiaques nuits en castrant ce mécréant de barde Ery ! Ramène moi l'Ombre, morte ou vive, et ma générosité sera sans bornes...

De petites barcasses à fond plat s'étaient maintenant déployées à la surface des douves et les hommes plantaient de longues perches de métal pour en sonder les moindres recoins.

Ralmon l'Audacieux, la barbe dessinée en un arc-de-cercle précis qui sillonnait l'espace, l'œil aux aguets, scrutait la surface mouvante des douves.

Les torches multiples éclairaient comme en plein jour. Les eaux visqueuses étaient fendues par les queues écaillées de monstres que les hommes évitaient avec respect.

— Que je sois damné si l'Ombre est encore vivante ! hurla Lalikan qui venait de se joindre à Ralmon après une infructueuse recherche dans son secteur.

— On cherche encore ! Mon père n'est pas d'humeur à essuyer un échec ce soir et la Compagnie des Sortilèges ne nous pardonnera pas d'avoir laissé partir l'Ombre, de ne pas le leur avoir remis comme l'élégance l'aurait voulu...

— Vous êtes un naïf ou un esthète, dauphin, répondit Lalikan en brandissant une perche au bout de laquelle frétillait une anguille à ailes déployées.

— Je suis d'abord le dauphin et je mérite un respect plus grand que celui dont vous me faites part, Lalikan.

— Soit, dauphin, voulez-vous un morceau de cette chair tendre ?

Et ce disant, Lalikan découpa en deux l'anguille. Le sang souilla la barcasse et les hommes apeurés. On prêtait en effet au sang des pouvoirs de contamination étrange. Mais Lalikan et Ralmon savaient que tout cela était enfantillage. Sanglés dans leurs armures transparentes en peau de méduses, ils n'avaient par ailleurs rien à craindre.

Les recherches reprirent, ponctuées par le clapotement de l'eau contre le bois des embarcations.

— S'il est encore dans les douves, c'est dans ce secteur… Personne ne peut franchir les grilles de filtrage ! lança Lalikan en arrachant à pleines dents une bouchée de l'anguille encore frétillante.

— Qui sait ce que peut faire un homme capable de rester plusieurs heures sous cette eau infernale ? Vous devriez essayer de le retrouver au lieu de vous empiffrer ! rétorqua le barde Ery d'un air dégoûté.

— Et toi, barde, chante nous une chanson au lieu de médire sur mon compte.

— Si votre seigneuriale majesté le permet, fit Ery à l'adresse de Ralmon.

— Vas-y, Ery, si tes chants aident Monsieur de Lalikan !

Les premières mesures s'élevèrent dans la chaleur de la nuit.

***

La lune était haute au-dessus de Göttestein et, à quelques mètres sous les barcasses, l'Ombre en voyait les reflets. Moustik était agrippé à ses épaules par deux tentacules qui lui servaient de bras. Son faciès chafouin prêtait à rire et ce n'était pas les trois yeux globuleux en constant mouvement qui auraient changé quelque chose à cet état de fait. Son ventre rond et transparent comme une boule de cristal ou un tambour en peau de méduse laissait voir les organes minuscules qui palpitaient d'une vie nerveuse et joyeuse et ses fesses avaient forme oblongue, comme deux petites pastèques brunes.

"Hé, hé, on est dans la merde, l'Ombre !"

"On est dans la merde depuis que j'y ai plongé, alors ça ne change pas grand chose. Seulement, si tu trouvais un moyen de sortir d'ici, ça nous arrangerait tous, et ce n'est pas notre nouvelle amie qui dira le contraire, n'est-ce pas Carlotta ?"

Carlotta, à moitié nue dans le courant tiède, avait une mine renfrognée. Les mains galopantes mais innocentes de l'Ombre sur son corps épanoui, alors qu'elle était évanouie, l'avaient tout autant que le reste de la situation énervée. Réveillée par un glissement progressif du plaisir, elle avait voulut hurler, mais l'eau avait pénétré sa bouche en même temps que les doigts de l'Ombre frôlaient son entrecuisse.

Ils pouvaient "dialoguer" ensemble grâce au cerveau de Moustik et ils ne s'en privèrent certes pas. Les questions étaient de part et d'autres nombreuses et les réponses tellement incongrues qu'elles finissaient par devenir évidentes et acceptables par tous.

"Vingt ans sans causer, c'est long ! Mais avec vous, je suis béni des dieux."

"C'est le cas de le dire, avorton de mes fesses !"

"Carlotta, soyez gentille avec Moustik, notre survie en dépend. Ne l'oubliez pas."

"L'Ombre a raison, gente demoiselle ! Si vous n'êtes pas aimable avec moi, je retourne à mon limon et je vous laisse en plan."

"S'il me faut te faire un compliment, ce serait à l'égard de tes bourses. Je suis particulièrement sensible à ces choses-là."

“Ah, c’est mieux, c’est mieux.”, miaula Moustik en se frottant de toute la hauteur de ses trente centimètres à la poitrine de Carlotta.

“Bon, ce n’est pas tout ! Les gueux des Ortolan ne s’arrêteront que lorsqu’ils nous auront perforé le corps de milliers de perches ! Alors, il serait temps que tu nous indiques le moyen de sortir d’ici, Moustik, et vite !”, lança l’Ombre, dans le silence des trois cerveaux, en brisant d’un coup d’épée dans l’eau la hampe d’une perche qui avait embroché un gigantesque piskédron.

“Je n’en ai, hélas, pas la moindre idée ! Avec ma petite taille, je pourrais glisser dans un conduit d’évacuation mais vous y resteriez coincés à mi-chemin.”

“Si tu n’as rien de plus réjouissant à nous dire, tu peux te taire !”

Carlotta hurla en déchirant d’un coup de dague un filet qui se déployait au dessus de leurs têtes.

Elle arracha violemment la portion de filet qui pendait au gré de la houle.

Dans la barcasse, l’un des hommes passa par dessus bord et fut proprement happé par la gueule écumante d’un piskédron.

— Il y a du monde là-dessous ! Par le venin de cent mille rekaïmans ! Tuez tout ce qui bouge, les dieux reconnaîtront les leurs ! cria Ralmon l’Audacieux en portant à ses lèvres une fiole qui contenait de l’Ako Kalok, un délicieux nectar vernaculaire que préparait Dame Kirvénia d’Ortolan, la reine-mère de la dynastie.

***

Je ne cherche plus depuis longtemps à

comprendre ce qui se passe dans ma vie. Je vis peut-être, depuis le combat de la Gueule du Dragon, dans l'univers dément d'un Maître des Rêves...

Alors, un tendre réveil dans les bras délicats de Lelilla me ferait le plus grand bien. Par ailleurs, quitter la compagnie, un peu humide pour l'instant, de la sublime Carlotta à la chevelure d'argent me causerait quelque chagrin et mon désir naissant ne s'en remettrait pas. Je m'en voudrais d'avoir côtoyé une si adorable jouvencelle sans lui avoir fait sentir, dans tous les sens du mot, ma farouche virilité.

Ma liberté nouvelle a attisé mes envies de mâle. Qui puis-je ?

Mais le moment n'est pas à la rêverie du promeneur solitaire. Le fer mortel des perches me rappelle que les manants de la dynastie d'Ortolan en veulent à ma fragile personne.

Carlotta nage comme un piskédron vers le fond des douves, là où les sédiments et les ordures forment un rideau qui ne pourra nous protéger que peu de temps. Dans mon dos, de ses petits pieds crochus, Moustik m'exhorte à rebrousser chemin vers la paroi de pierres ancestrales. Je ne suis pourtant pas une bête de somme, par les mamelles de la déesse Tarpsychias !

“Maintenant si ! Bête de somme, tu es et me protéger, tu dois ! Allons, l'Ombre, suis donc la belle Carlotta ! Elle est moins sotte que toi !”

“Moins sotte que toi aussi alors, Moustik ! Comment n'as-tu pu prévoir que ces Ortolan de malheur se mettraient à ma recherche, parce que je suppose qu'ils ne pêchent pas les saurons au clair de lune ?”

“Perspicace, tu es, l’Ombre ! C’est bien ta chair claire qu’ils veulent... Mais ils ne l’auront pas !”

“Tu me sembles bien sûr, mystique Moustik.”

“Ce que chez toi, j’aime, c’est ce bonheur de vivre qui ne te quitte pas, même quand les heures sont difficiles ! T’attendre longtemps, j’ai fait, mais déçu, je ne le suis pas !... Attention, derrière toi !”

Je me retourne alerté par la voix sautillante de Moustik. Le filet s’abaisse sur nous. Je tire de toutes mes forces sur ses mailles serrées, mais il se referme inexorablement. J’appelle Carlotta qui se retourne et force, à ma plus grande surprise, un banc de piskédrons et de rekaïmans à la suivre. Les bêtes aux nez allongés s’exécutent. C’est un très beau ballet aquatique dont je ne peux apprécier à sa juste valeur l’élégance car le filet en bave d’actalons des cimes forme un linceul de plus en plus serré autour de mon corps et de celui de Moustik qui piaille dans ma tête comme un oiseau plumé vif.

Les poissons se jettent en chœur dans l’ouverture du filet et en alourdissent le poids à l’extrême. Carlotta est maintenant contre moi et sa poitrine me fait un effet des plus classiques.

“Tu portes une dague entre les jambes, l’Ombre”

“Non, belle jeune fille, c’est d’un autre métal dont tu pourrais tâter, si l’envie t’en prenait.”

“Ce n’est peut-être pas l’endroit idéal, mais, un autre jour, si ton métal n’a pas rouillé, beau chevalier.”

“Hé, hé, mes amis, vous me mettez en joie, mais le danger n’est pas écarté !”, hulule dans mon dos le petit Moustik.

Le filet est maintenant monstrueusement alourdi

et alors que les guerriers tentent de le remonter, je peux voir la barcasse osciller de droite et de gauche puis chavirer. Ralmon l'Audacieux et son Ombre sont prêts pour le bain de minuit alors que le barde Ery part en un glissando d'octaves vers la surface noire des douves.

Les hommes hurlent à l'agonie alors que la barcasse coule vers nous. Le filet est emporté par le courant et Carlotta, surprise, se colle de plus en plus à moi. Les tentacules de Moustik nous enlacent tous les deux. Nous formons à n'en point douter un diabolique trio.

Je peux voir le dauphin Ralmon trancher dans la chair grasse des rekaïmans, son Ombre collée à lui telle une sangsue. Va-t-il s'en sortir, ou bien aurais-je la joie de savoir que je détiens un record unique : avoir sur la conscience la mort de deux dauphins et être toujours en vie ? Mais l'Ombre de Ralmon est plus preste que je ne le fus avec ce satané Olrik. Elle parvient à soulever son prince et à le hisser sur un promontoire des douves avant d'être déchiquetée par la mâchoire d'un globocéphale nain surgi des profondeurs.

La suite des événements échappe peu à peu à ma vue. Le courant est de plus en plus violent.

"Où nous entraîne ce fichu courant ?"

"Aucune idée, mes amis ! Je n'ai jamais observé de courant de cette ampleur dans les douves !"

"Je crois avoir une petite idée sur la question", fait Carlotta en abandonnant toute résistance et en se laissant porter par le flux tourbillonnant qui prend dangereusement l'allure des chutes du Vortex !

J'aperçois à peine, à l'angle de ma vision, les

hommes des Ortolan se faire dévorer par le banc de piskédrons que nous leur avons gentiment offert, lorsqu'un énorme entonnoir d'eau sombre se dessine sous nos pieds.

Nous glissons tous trois dans cette cascade improbable d'eaux nauséeuses qui troue le fond des douves. Jamais le Béryltérion n'a été connu pour avoir un aussi démoniaque débit.

"Par la croupe de Nööburnanz ! quel est ce délire ?"

"Je crois bien qu'il s'agit d'une faille, l'Ombre, et nous y sommes entraînés comme des fétus de paille. J'espère simplement pour toi et pour l'autre avorton que vos histoires sont exactes et que vous n'imploserez pas comme de vulgaires humains ! Alors bonne chance pour la suite !" lance Carlotta en fermant les yeux.

Moustik se colle à mon dos tel une sangsue frétillante. Je sens le crochet de ses ongles me pénétrer la chair. Quel pompe-sang... !

"Pompe-sang, c'est vite dit ! Je suis prudent, c'est tout ! Ne sais-tu donc pas ce qu'est une faille ?"

"Non, je ne sais pas..."

Je n'ai pas le temps de finir ma phrase. Nous sommes proprement aspirés vers une destination qui, si je veux bien en croire les dés qu'ont jetés les mages concernant mon sort, ne devrait pas être un total havre de paix... Alors, comme Carlotta, je ferme les yeux et essaye de ne plus penser à rien. A rien...

CHAPITRE X

Hygnivöom avait réintégré sa tanière d'Urbimonium.

Le dragon mort avait plongé dans l'eau noire des douves et lui avait donné toutes les informations dont il avait besoin. Touillant d'une lame faite d'os de porval une mixture destinée à ralentir sa propre combustion, il pensait aux événements dont il n'avait pu deviner l'ampleur.

L'Ombre, Carlotta et cette étrange bestiole avaient disparu, engloutis dans une faille. Un Dieu était donc mort dans les douves du château de Göttestein et, comme tous les Dieux qui mourraient hors des rivières de l'Inframonde, il avait explosé et provoqué une faille à l'endroit de sa disparition.

Il consulta le parchemin enluminé qui trônait sur la table où frétillaient cafards géants et souriceaux à têtes de mouches, un croisement dont il était fier.

La carte et le relevé des failles devait sans cesse

être mis à jour. Il plongea la lame d'os dans le corps d'une sourimouche qui couina en s'enfuyant. Puis, avec le sang de la pauvre bête, il marqua une croix à l'endroit où avaient disparu l'Ombre et Carlotta.

Un jour proche, Hygnivöom aurait connaissance de toutes les failles d'Overmonde. Les passages vers un au-delà craint et mystérieux. Et il serait, lui et lui seul, le passeur omnipotent qui posséderait les "clés" de ces brèches. Bien sûr, il ne pouvait les traverser. Seuls les Dieux, les demi-dieux et les morts avaient ce pouvoir. Les morts... Il se mit à rire comme un démon. Oui, les morts viendraient à lui, comme des enfants abandonnés. Alors son pouvoir serait sans bornes et il pourrait enfin assouvir sa vengeance, faire à son tour brûler les potentats honnis de la Compagnie des Sortilèges, asservir les dynasties des Bilken et des Ortolan, et se faire aimer à jamais de cette gourgandine de Carlotta von Sacher-Boulba, en faire sa reine libidineuse.

A la pensée des seins blancs aux aréoles brunes de la jeune femme, Hygnivöom s'enflamma dans un crépitement de viande grillée. Il réussit à avaler la mixture qui agit aussitôt tel un onguent bienfaiteur.

Il ne fallait pas s'emporter, pensa-t-il. Le temps était bien son ennemi le plus acharné. Revenu à une certaine quiétude, il envoya dragonets et faucons morts au-dessus des diverses failles dans l'attente d'un retour, qu'il espérait rapide, de l'Ombre et de Carlotta.

***

Hyéronimus le Borgne était en sueur. Les fers rongés de rouille qui le retenaient prisonnier par les pieds cliquetaient dans la nuit. Il entendit les vociférations de Bilken le Rouge dans les escaliers de marbre de la haute tour dont il était l'invité involontaire. La lourde porte en chêne massif crissa de tous ses gonds.

Bilken fit son apparition, rouge comme une tranche de dragonet cuite au sel, un met particulièrement délicat dont raffolait Hyéronimus le Borgne.

— Que racontes-tu, le Borgne ? Crois-tu que tes fadaises de Maître des Rêves de la putride dynastie des Ortolan puisse te valoir une quelconque clémence de ma part ? Prisonnier tu es, et prisonnier tu resteras !

— Alors pourquoi votre seigneurie se déplace pour s'enquérir des délires d'un vulgaire mage ? fit le Borgne de son air fourbe. Il avait adopté la position du lotus céleste et son œil valide et bridé brillait d'une lueur étrange. Bilken fit silence. Regarda Mnémostène et Saldan Tarek qui l'accompagnaient et ne bronchaient pas dans la pénombre de la geôle. L'endroit puait la moisissure et l'urine. Hyéronimus le Borgne reprit son discours fielleux.

— Demandez à Mnémostène si j'ai raison, et tuez moi si j'ai tort...

— N'essaye pas de fourvoyer le Grand Bilken le Rouge sur les voies glissantes de tes songes de Mage de Troisième Cercle, le Borgne ! Moi, Mnémostène, je ne peux savoir si tu dis vrai, mais je peux prouver que tu as tort !

— Or tu ne le prouves pas, donc tu avoues ton impuissance, Mnémostène ! A votre place, impériale Altesse, je ferais couper les cordes vocales d'un si piètre magicien...

— Il suffit, trancha Saldan Tarek en surgissant dans la lumière. Tu veux seulement semer la zizanie mais tu n'y arriveras pas. Bilken, notre roi, est sage et clément, mais n'abuse pas de sa patience ! Parle et redis nous ce que tu as laissé entendre à Dame Gerko, ma femme, qui a eu la bonté, non seulement de te nourrir mais aussi de t'écouter.

— Je lui ai dit qu'un grand malheur plane sur Overmonde. Les temps de la maladie, de la terreur et de la mort sont de retour... L'heure du Fléau est proche ! Lucilius Hygnivöom veut assouvir sa vengeance et les minutes s'écoulent, crissantes comme les grains du sablier.

— Hygnivöom est mort, brûlé vif ! Il avait bien servi mon père avant de me servir, mais ces expérience démoniaques d'accouplement entre dieux et humains ne furent pas du goût de la Compagnie des Sortilèges ! Il est mort par ma volonté et maintenant je ne peux que souhaiter paix et tranquillité à son âme de scélérat ! s'écria Bilken en crachant comme un vulgaire manant.

— Ne croyez pas cela, votre Altesse ! Mon seigneur, le prince d'Ortolan a fait la même erreur ! Mais Hygnivöom est vivant et veut se venger de tous ceux qui l'ont conduit au bûcher. Il se terre quelque part en Urbimonium. Son pouvoir y est immense, il doit avoir truffé la ville de talismans, animaux et minéraux, et il m'a été impossible de localiser sa tanière. Il faut se rendre sur place et demander l'aide de la Compagnie des Sortilèges. Il est notre ennemi à tous et, après cette cruelle bataille qui a vu la mort de votre fils

Olrik, il vient de trouver un allié de taille en la personne de l'Ombre !

— Ne prononce pas ce nom maudit ! Je tuerais de mes propres mains l'assassin de mon fils !

— A moins qu'il ne vous tue avant... Et puis l'assassin d'Olrik, si je ne suis pas trop insolent, n'est autre que le Dieu d'Ampélogne, le Dieu des Ortolan.

— La peste soit de toi, Hyéronimus ! coupa Saldan Tarek en sortant une épée à deux lames de son fourreau. Continue ton récit et conte-nous quel est le cauchemar qui plane sur Overmonde.

— Lorsque j'étais à la cour des Ortolan, mon prince bien-aimé a reçu, voici deux années et deux saisons, la visite d'une jeune paysanne qui se nommait Carlotta von Sacher-Boulba...

— Une catin de cette dynastie dont mon père et moi avons réglé le sort ! hurla Bilken en se penchant vers Hyéronimus.

— Exact, votre altesse ! Elle était belle, superbe même, et elle venait en émissaire d'Hygnivöom...

— Peste, peste....

— ... pour faire alliance avec le prince d'Ortolan afin de guerroyer contre vous !

— La chienne lubrique ! J'aurais du exterminer tous les Sacher-Boulba et même leurs porcs car ils ont du s'accoupler avec des animaux !

— Votre Altesse n'est pas si loin de la vérité qu'il n'y paraît ! Or donc, mon prince bien-aimé a refusé ce pacte contre nature. Il vous apprécie trop, seigneur Bilken. Les conflits qui nous opposent sont dûs aux maléfices d'Hygnivöom, à n'en point douter.

— Abrège, Mage !

— Oui, oui... Le prince d'Ortolan a seulement profité de l'émissaire puis l'a offerte à ses officiers. Elle a donc subi les assauts de quelques mâles robustes.

— Ah, ah, ah ! J'aurais fait pareil !

— Mais vous l'avez fait ! Car cette femme était la jeune enfant que vous, et vos cousins Amos et Samos, avez violé à l'orée de son adolescence et à la lisière du bois de Kalininnwood...

— Par les cornes de Grawinfül, l'Overmonde est bien petit, mais je ne peux me souvenir de toutes les catins dont j'ai exploré l'intimité ! Continue, le Mage, tu m'intéresses, fit Bilken en s'allongeant sur la paille de la geôle.

Saldan Tarek et Mnémostène ne quittaient pas Hyéronimus le Borgne des yeux, prêts à l'occire au moindre faux pas.

Hyéronimus le Borgne narra les aventures de l'Ombre et de Carlotta dont Bilken ignorait les plus subtils développements. Il avouait ses lacunes et le fait que sa magie ne pouvait tout lui dévoiler, mais Mnémostène fut cependant obligé d'accorder quelques crédits aux dires de son rival et par là-même de reconnaître sa puissance. Même prisonnier dans la tour du château d'Akralinta, il était parvenu à panser ses profondes blessures et à entrer en contact avec les animaux morts, qu'il avait cachés en divers points d'Overmonde et concentrés dans la ville de Göttestein.

Un sombre complot se dessinait tout au long du discours du magicien et trop de recoupements prouvaient à l'envi qu'il ne mentait pas.

Les royaumes rivaux des Bilken et des Ortolan étaient en péril. La vie de chacun ne tenait plus qu'au fil ténu qu'agitait avec rage Lucilius Hygnivöom le retors avant de pouvoir le trancher.

La servante Anaseth, qu'ils avaient tous cru adultère, avait bien donné naissance à deux demi-dieux et ces demi-dieux n'étaient autres que l'Ombre honnie et Carlotta von Sacher-Boulba, la pieuvre-catin, comme venait de la nommer Bilken le Rouge.

Seul Saldan Tarek ne semblait pas trop surpris à l'énoncé de telles révélations. L'Ombre lui avait toujours paru être de haute lignée et ses facultés étaient trop étendues pour être celles d'un simple mortel.

Et les Ortolan, les Bilken, la Compagnie des Sortilèges et la Confrérie des Faiseurs d'Anges, avaient maintenant un ennemi commun : une Triade de demi-dieux manipulés par l'immonde Lucilius Hygnivöom.

— Il faut les retrouver le plus rapidement possible ! conclut Bilken en buvant une gorgée de vin fin de la Vallée de Nan-Daghila.

Les serviteurs avaient été mandés céans pour apporter les mets les plus délicats à Hyéronimus le Borgne. La geôle était devenu un havre de ripailles tranquilles et le fumet des poches de dragonets farcies et de talamugs grillés avaient effacé l'odeur pestilentielle d'excréments et de moisi.

Saldan Tarek, seul, ne mangeait pas. Il pensait au destin hors du commun de l'Ombre, de celui qu'il considérait comme son fils, de celui que Lelilla, sa fille adorée, pleurait encore les matins d'orage.

— Si mon prince bien-aimé n'a pas mis la main sur eux, c'est parce qu'ils sont passés par une faille qui s'ouvrait au fond des douves... Un piskédron mort m'a transmis leurs exploits, lança Hyéronimus entre deux bouchées fumantes.

Bilken, Saldan Tarek et Mnémostène firent des yeux ronds et s'exclamèrent tous en chœur.

— D'une faille ?!

— Les demi-dieux en sont capables. Ils n'ont pas été recrachés, en lambeaux et sanguinolents, comme un humain ordinaire. Et l'autre avorton est passé aussi ! Ce fœtus poulpeux que nous avons jeté il y a vingt ans aux ordures comme une vieille salade !

Le Borgne était écumant de rage, ce qui fit sourire Bilken et Mnémostène. Ils n'avaient pas été les seuls dindons de la farce.

— Il faut attendre leur retour, poursuivit Le Borgne, car je suis sûr qu'ils vont revenir. Mais il peut se produire aux abords de n'importe quelle autre faille d'Overmonde. Aucun Mage, même pas Hygnivöom, ne connaît dans sa totalité la tortueuse géographie des failles... Peut-être n'y-a-t-il derrière les failles que le néant...

— Il doit bien y avoir une magie capable de rendre impuissant Lucilius Hygnivöom ! vociféra Mnémostène.

— Je vais envoyer une escorte plénipotentiaire au château de Göttestein… En prenant des porvals légers, et en changeant à chaque relais de montures, elle atteindra Göttestein en moins d'une semaine. Le temps presse et nous devons faire la paix ! rugit Bilken. Le Borgne, tu iras vers ton prince et lui remettras cette missive.

Il tendit au magicien un parchemin roulé tout en engloutissant d'énormes portions de gratin de courge des sables nappé d'un coulis de bave de centipèdes des marais de Marémanta.

— Il faut tout faire pour retrouver Hygnivöom et l'empêcher de nuire à nos deux royaumes, continua Bilken. Saldan, je te charge de galoper jusqu'à Urbimonium où le scélérat se terre. Alerte la Compagnie des Sortilèges, ramène moi le cœur lugubre de l'Infâme et tu me verras rassuré... Quant à l'Ombre, n'oublie pas que c'est toi et Dame Gerko, ta gente femme, qui avez couvé en votre foyer une telle vermine. Tu tueras l'Ombre... C'est un ordre !

Saldan Tarek, la mort dans l'âme à l'énoncé de ce dernier désir princier, se mit au garde-à-vous. Son épée à double lame fouetta ses bottes en peau de porval sauvage. Il quitta la geôle et, sans prendre le temps de boire un verre de vin ou de faire ses adieux à sa femme et à sa fille, fila vers Urbimonium la Superbe dans le jour naissant.

CHAPITRE XI

Carlotta était étendue sur un tronc carbonisé qui flottait sur les eaux jaunâtres d'un immense fleuve grignoté par la jungle. Plus loin, l'Ombre dérivait, plié en deux sur un autre tronc à l'écorce noire. Moustik apparut derrière un rameau de branches ruisselantes et allongea sa tentacule gauche. Il en frappa violemment le visage de l'Ombre. Le fier soldat se redressa, encore étourdi, examina les alentours et vit la jungle d'un vert opalescent tout autour de lui. Il replongea la tête dans la rivière et s'ébroua en râlant.

— Par les cornes de Gyldegreen ! Quelle est cette forêt ? Elle ne ressemble pas aux bois de Kalininnwood ou aux bosquets du col d'Hallidor... Je n'ai jamais vu pareille végétation...

"Je ne sais pas, l'Ombre, pas plus que toi ! Ceci est un pays inconnu de mon petit cerveau, mais demande à Carlotta et elle saura te donner des précisions…"

— Où est-elle, cette exquise sœurette ? J'ai

encore le goût de ses lèvres salées sur ma bouche ! S'il faut vivre ce genre de péripéties pour avoir le droit à ses baisers, je préfère m'en passer... Ouh la la la, ma pauvre tête ! J'ai l'impression que nous sommes passés dans la meule du forgeron des Enfers...

"Mais c'est peut-être la vérité, l'Ombre ! Regarde, là-bas, Carlotta est sur ce tronc, et elle dérive vers les cascades, n'entends-tu point le grondement des flots ?

— Accroche-toi, Moustik, on y va !

L'Ombre avait dégainé son épée à large lame et pagayait vers la berge. Il l'atteignit en moins de temps qu'il ne fallait à un mendiant de la Confrérie de Jaspe pour détrousser un riche marchand égaré dans Urbimonium.

Moustik agrippé à son cou, il se mit à courir comme un porval le long du fleuve.

Moustik essayait de réveiller Carlotta en pénétrant son cerveau embrumé. l'Ombre jetait des lianes vers le tronc qui n'était plus qu'à quelques mètres de la cascade. Une des lianes accrocha une branche. L'Ombre tira de toutes ses forces. Carlotta avait enfin retrouvé ses esprits et elle l'exhortait à la tirer de ce guêpier. Elle parvint à fixer la liane de manière plus sûre et hurla ses encouragements à l'Ombre.

— Je fais ce que je peux, ma belle ! Après, il faudra me récompenser ! cria-t-il en tirant comme un forcené sur la liane qu'il avait enroulé à l'arbre le plus proche. Mais la force du courant était impressionnante et Carlotta, à moitié dévêtue par les flots enragés, peinait de plus en plus et sentait ses forces l'abandonner.

"Je n'y arriverais jamais", pensa l'Ombre en

enroulant une nouvelle fois la liane autour de sa taille. La pression devenait infernale et la liane lui rentrait dans les chairs, glissant parfois, coupant sa peau d'où sourdait le sang.

— Si elle ne me récompense pas pour tous ces efforts, je veux bien me faire moine.

Moustik s'était mis à rire et l'Ombre lui jeta un œil froid.

— Crois-tu que le moment soit bien choisi pour faire l'idiot ? Si encore tu pouvais m'aider...

"Demande, et tu seras exaucé, l'Ombre !"

Moustik cligna de ses trois yeux en rafale. L'Ombre sentit la pression se relâcher autour de ses hanches. Il bascula en arrière et alla rouler contre le stipe d'un palmier.

Le tronc où Carlotta s'était attachée à l'aide de sa ceinture remontait le courant comme par enchantement, fendant la houle, tels ces bouchons de liège avec lesquels, enfant, jouait l'Ombre. Il regarda bêtement la liane au moment où le tronc s'échouait contre un relief moussu de la berge.

— Qu'as-tu fait ? bégaya-t-il en regardant Moustik qui s'était enveloppé dans ses tentacules.

"Je ne fais pas ! J'ordonne aux éléments, et les éléments m'obéissent !"

— Pourquoi n'as-tu rien fait dans le typhon de la faille ? Ça nous aurait fait gagner un précieux temps, misérable bout de viande qui ne pense jamais à rien !

"Holà, holà ! Les Dieux ont d'autres pouvoirs qui me sont interdits comme ils te sont interdits, l'Ombre ! Apprend déjà tous les miens et tu pourras parler comme un insolent... Maintenant vas plutôt aider Carlotta... Mais attention, ne l'ennuie pas avec tes désirs de brute, l'Ombre.

Elle ne te doit pas un seul baiser, ou alors il faudrait partager avec moi... Ah, ah, ah...

Il partit d'un rire grassouillet qui s'éleva vers la voûte sylvestre. Des oiseaux fuirent en un battement d'ailes assourdissant. L'Ombre était auprès de Carlotta et lui tendait sa pelisse afin qu'elle s'en couvre le corps, griffé et recouvert d'ecchymoses, mais toujours aussi voluptueux.

— Les épreuves n'enlèvent rien à ton sensuel charisme, divine Carlotta...

— Réfrène un peu tes instincts incestueux, l'Ombre, tu ne vois pas qu'on est dans le plus torve des pièges ?

— Je ne vois qu'une jungle, une vulgaire forêt ! Et alors ? Je me suis déjà sorti de pièges plus féroces ! Quant à toi, tu es sauve et j'y ai mis du mien...

— Cette jungle n'est pas d'Overmonde !

La phrase claqua dans le murmure incessant de la jungle. Moustik avait maintenant un sourire qui lui mangeait le visage. Son ventre resplendissait comme une lanterne dans la pénombre. L'Ombre cachait mal son agacement devant tant de circonvolutions labiales. Il goûtait peu le mystère que mettait Carlotta dans sa bouche.

— C'est tout, Carlotta ? Veux-tu dire que nous sommes en plein Inframonde ? Et pourquoi, dans ce cas, les Démons ne sont-ils pas encore là, ricanants et pétants, prêts à nous suçoter le cul ?

— Tu es vulgaire et plus encore stupide, l'Ombre !

Elle avait à peine fini sa phrase qu'un grondement croissant emplit l'espace. Moustik courut se réfugier sous une arborescence vermillon. Carlotta se jeta sur l'Ombre et ils roulèrent enlacés sous la touffeur de la jungle.

L'Ombre allait parler lorsque Carlotta lui plaqua la main sur la bouche et de l'autre lui pointa une dague contre le flanc.

— Pas un mot !... Je t'expliquerais tout quand ils seront partis... Regarde, et vois le monde des Failles, beau guerrier, dit-elle, une lueur sardonique dans les pupilles.

***

Je vais d'étonnement en ébahissement. Moustik et Carlotta pourront certes se moquer de moi, mais je n'ai pas eu, comme eux, l'occasion de voyager plus loin que les royaumes d'Andalogne et d'Ampélogne, par le corps ou la pensée. Je n'ai mis les pieds à Urbimonium que deux fois. La guerre et la protection du dauphin était mon quotidien. Une routine brisée parfois par la tendresse de Lelilla. Aussi, mon étonnement est de mise. Je dirais même que c'est l'attitude de Carlotta qui est la plus suspecte. Même si elle connaît des choses que j'ignore, son sang-froid face aux trois dragons qui ont survolé le fleuve est de nature à m'effrayer. Comment peut-on rester si paisible, j'ose le mot, alors que de tels monstres de métal tournent au-dessus de nos têtes en un vacarme que ne ferait pas l'armée des Bilken en marche ?

Alors que les dragons noirs aux ailes tournoyantes bougeaient le long de la rive, j'ai cru apercevoir des hommes dans les flancs des dragons.

— Ce ne sont pas des dragons.

Carlotta me regarde en riant sous cape. Sa

poitrine palpite contre mon torse.

— S'il ne s'agit pas d'une curieuse espèce de dragon, quel est le nom de ces animaux ? Réponds-moi...

“Ah, ah, l'Ombre, n'oublie pas ce vieil adage, souvent femme varie, bien fol qui s'y fie.”

Je jette un œil vers Moustik qui est à peine sorti de sa cache. Il me fait un grand sourire. Je plonge à nouveau mon regard dans les yeux pers de Carlotta.

— Alors, qu'est-ce que c'est ?

— Les hommes d'ici les appellent des hélicoptères...

— Des hélicoptères ? Drôles de nom pour un animal.

— Ce ne sont pas des animaux, mais plutôt des machines de guerres comme nos catapultes, nos onagres, de vastes chars volants qui cracheraient du feu. C'est d'un danger extrême, la mort... Ils prodiguent la mort plus rapidement que la foudre.

— Leurs mages doivent être puissants.

Je regarde les trois hélicoptères s'envoler vers l'horizon. Carlotta se relève prestement. Je la suis et entends encore le bruit des pâles, puisque tel est le nom des épées tournoyantes qui coiffent ces étranges chars. Cela me fait tout à coup penser à ces gravures superbes que m'avaient montrées le brave Saldan Tarek et qui étaient dues au pinceau génial de l'architecte d'Urbimonium, le sombre Leonardo da Gaudi. Je ne pensais pas que de telles machines puissent voir le jour. Ces dessins étaient pour moi les fantasmes d'un artiste sous l'emprise d'une drogue des plaines du Bengistan. Mais Saldan Tarek m'avait dit qu'un jour existeraient ces objets volants. Que les temps viendraient où les hommes chevaucheraient ceux-ci comme nous montons les porvals des haras de Hurlemajhou. Saldan Tarek aurait-il, lui aussi, fait un voyage au-delà des failles ? Ma question restera sans doute sans réponse... Carlotta est montée sur un promontoire. Elle regarde au loin, l'œil inquiet.

— Quel est cette étrange contrée ? fais-je en remettant Moustik sur mes épaules.

— Les hommes d'ici l'appellent Vietnam !

— Vietnam ?!? Drôle de nom...

"Pas plus drôle qu'Andalogne ou Ampélogne", rétorque Moustik en me cachant la vue de ses tentacules.

— Arrête, veux-tu ? Et qui est le prince du Vietnam ?

— Il n'y a pas de prince, lance Carlotta en nouant autour de son cou l'un de ses colliers-fétiche. Ce pays est en guerre. Une guerre effroyable avec des armes d'une puissance diabolique...

— Chercherais-tu à me faire peur ? Tu perds ton temps, sœurette...

— Crois moi, pour une fois ! Le Vietnam est en guerre et il nous faut rejoindre au plus vite une grotte qui se trouve à cinq milles d'ici... Je reconnais les lieux. Encore une chance que la faille nous ait mené si près de l'endroit où Hygnivöom m'avait envoyé. Les dieux seuls savent ce qui nous serait arrivé si cela n'avait pas été le cas... Le monde inconnu des failles est terrible et nous devons remercier le hasard d'être en territoire connu, même s'il nous est hostile...

— Hygnivöom ? Lucilius Hygnivöom ?

— Lui-même ! ricane Carlotta en sortant un

curieux bijou.

— C'est une boussole me dit-elle d'un air las, comme si elle s'adressait à un demeuré. Un objet qui va nous permettre de nous diriger sans avoir à recourir au soleil.

Je la crois difficilement.

— C'est Hygnivöom, depuis son tombeau, qui te l'a donnée ? dis- je, ironique.

— Oh, que nenni ! C'est un cadeau du bel Estèban Ruiz. Une fois à la grotte, nous pourrons rejoindre Overmonde... Du moins je le souhaite !

— Qui est cet Estèban Ruiz et pourquoi te fait-il des cadeaux ?

Carlotta a deviné mon inquiétude. Comme me le disait souvent Saldan Tarek, mon Maître, les femmes sont perfides et dangereuses.

— C'est un soldat comme toi, l'Ombre, mais il a su me remercier galamment pour les menus services que je lui ai rendus. Elle cligne de l'œil et je ne me fais plus aucun doute sur la nature de ces menus services. J'enrage au fond de moi, mais je ne ferai de cadeau à Carlotta que lorsque j'aurais goûté à ces services là. Pourvu que la boussole de ce mécréant d'Estèban Ruiz nous mène à bon port...

Nous nous enfonçons dans la jungle alors que tombe la nuit. J'espère que nous ne croiserons pas sur notre chemin ces drag... je veux dire, ces hélicoptères cracheurs de feu ou une escouade de ces belligérants qui se déchirent pour avoir l'hégémonie sur les terres du Vietnam et dont Carlotta me narre par le détail les plus sombres méfaits... Ils répandraient entre autre, depuis leurs machines volantes, un onguent liquide qui s'enflamme et brûle tout sur son passage. Le nom est pourtant fort beau et sonne bien à mes oreilles : napalm... napalm...

A l'évidence, ces soldats sont plus cruels que tous ceux des armées d'Ortolan depuis deux mille ans. Moustik, lui, s'est endormi comme un bienheureux. Son ronflement est aussi assourdissant que celui d'un hélicoptère ! Satanée bestiole... Et elle pue, qui plus est !

***

Ils marchaient depuis cinq heures maintenant. La jungle était un véritable enfer où abondaient les plus sales insectes qui collaient à la peau de l'Ombre et s'en repaissaient à grandes succions. Il grommelait et Carlotta lui intimait le silence en lui passant une crème magique sur la peau.

Il apprécia le geste.

Au loin, on entendait le crépitement d'armes à feu qui illuminaient la forêt. Carlotta avait mis en garde l'Ombre pour qu'il évite de tomber dans les pièges dont les indigènes tapissaient le sol. Ils s'étaient arrêtés aux abords d'une petite clairière, sans y pénétrer pour n'être pas à découvert, et s'étaient régalés d'une fricassée de cafards gros comme les doigts. Moustik se nourrissait exclusivement de feuilles dont il faisait une infecte bouillie humectée de son abondante salive.

— Crois-tu que nous y arriverons sans encombres ? fit l'Ombre en se levant et s'étirant.

— Remercie les Dieux d'être encore en vie. Et remercie moi de connaître assez bien les replis de cette jungle pour ne pas m'y perdre. Et remercie également Estèban Ruiz de m'avoir donné cette bouss...

Carlotta n'eut pas le temps de finir sa phrase. Le rugissement troua la nuit claire et l'Ombre vit les formes mouvantes, noires et jaunes, du tigre survoler le feu pour retomber sur la jeune femme. Moustik vomit sa bouillie. L'Ombre, une fois la terreur passée, dégaina son épée et se rua en hurlant sur la bête qui avait déjà réussi à entailler la hanche de Carlotta. Il la chevaucha comme un vulgaire porval et planta le fer dans le cou du tigre qui bondit de trois mètres sur la gauche. Il délaissa Carlotta qui perdait son sang. Elle pouvait encore voir le combat de l'homme et de la bête. Moustik s'était approché d'elle et posa ses tentacules sur la blessure. Carlotta déglutit. Elle avait aussi maintenant son arme à la main, mais le sang n'était pas encore stoppé par le garrot que pratiquait Moustik. Il cracha alors un jet de salive. Carlotta eut une moue de dégoût.

“C'est mon sperme ou la mort, jeune beauté !”

La bestiole divine ricana.

— Il y a des jours où les choix sont difficiles, fit Carlotta en voyant la plaie se refermer comme par miracle.

Elle poussa un cri de stupeur et embrassa le front dégarni de Moustik qui en rougit de plaisir.

Loin de cette touchante scène, l'Ombre avait fort à faire pour éviter les ruades et les coups de pattes mortels du tigre. Sa fidèle épée ne venait pas à bout de l'animal. La lame dansait pourtant à une fulgurante vitesse, déchirant la peau magnifique du félin. Titanesque combat. Carlotta était muette autant de peur que d'admiration pour la souplesse de l'Ombre qui pouvait rivaliser sans honte avec celle du tigre. Le guerrier couvert de sang fit une acrobatie improbable par dessus la bête, et, la prenant à revers aussi prestement que l'éclair, enfonça son fer rougeoyant dans le crâne zébré d'or et d'obsidienne.

Le tigre poussa un hurlement d'agonie et tituba quelques secondes avant de s'écrouler, terrassé par l'art magnifique de l'Ombre. Carlotta ne put s'empêcher d'applaudir, comme une gamine enjouée. L'Ombre ouvrit la gueule de l'animal et brisa une canine grosse comme un poing d'enfant. Il vint vers Carlotta et lui tendit le trophée.

— Tu ne pourras te guider avec ceci, mais l'ivoire te portera bonheur pour le restant de tes jours ! fit-il pompeusement.

— Tu m'as sauvé la vie, l'Ombre ! Je pense que tu mérites le traitement de faveur de la miraculée que je suis... Nous coucherons ici ce soir, viens près de moi, que je soigne tes blessures. Il te faut être vaillant pour la nuit qui s'annonce longue !

"Et la suite du voyage !" fit Moustik, mécontent qu'on le délaissât.

Il sauta dans un enchevêtrement de branches et s'endormit rapidement pour n'avoir pas à supporter le spectacle de Carlotta s'offrant de la plus savante et perverse manière à la virilité de l'Ombre.

Les deux amants incestueux s'endormirent, repus d'amour et de la viande du tigre que l'Ombre avait fait cuire sur un brasier qui s'éteignait dans l'aurore naissante.

CHAPITRE XII

Saldan Tarek avait galopé longtemps pour atteindre Urbimonium. Après s'être restauré dans une taverne misérable, il avait gravi les mille marches qui menaient à l'un des palais de la Compagnie des Sortilèges. Mais il fut éconduit comme un vulgaire manant et il ne put rencontrer le Conseil de la Compagnie à une heure si avancée de la nuit. C'était au moment où il rebroussait chemin, dans une impasse dont il n'avait pas deviné le danger, qu'il tomba sur les mendiants aguerris de la Confrérie de Jaspe. Il lutta avec hargne mais les mendiants, bien supérieurs en nombre, vinrent à bout de son héroïsme. A son étonnement, ils ne le tuèrent pas, mais l'amenèrent à la table de leur chef redouté, Kolber le Sanguinaire.

Saldan Tarek avait entendu comme tout le monde les récits des rares survivants qui avaient été rançonnés par Kolber le Sanguinaire. Les stigmates étaient encore plus parlants que les mots.

A défaut de la vie, il était fréquent de laisser une oreille, une jambe, un œil ou même les bourses, trophées que Kolber collectionnait dans de la bave de galamugs géants afin de les conserver pendant plusieurs années.

Il pouvait ainsi disserter pendant des heures avec ses invités de choix ou ses nombreuses femmes en contemplant la simple oreille d'un pauvre hère. Tout devenait prétexte à rehausser son prestige. Aussi, Saldan Tarek commença à se demander ce qu'il laisserait chez Kolber. Il sut assez vite que ce serait la vie. Kolber le Sanguinaire haïssait les Bilken qui avaient mis sa tête à prix.

— Tuer le Maître d'Armes du seigneur d'Andalogne serait une consolation bienvenue pour tant d'injustice, qu'en penses-tu, Tarek ?

— Je ne suis pas sûr que tu puisses suivre ma sévère logique, Kolber le Sanguinaire...

Une gifle fit osciller Saldan. Kolber était monté sur ses pattes arrière.

— Ne m'appelle jamais plus comme cela ! Un autre que toi serait déjà mort, mais je veux jouir encore un peu de ta chair, misérable pourceau d'Andalogne.

Kolber rugit et cracha en se grattant l'aisselle. Il était maintenant dans la lumière et Saldan Tarek pouvait le contempler à loisir. Les légendes qui racontaient que Kolber n'était pas humain prenaient là toute leur ampleur. Et cela n'était pas simplement du à son comportement de tueur sanguinaire.

Kolber était en effet le fruit contre nature des entrailles d'une prostituée des tavernes creuses que des guerriers avaient obligé à s'accoupler avec un porval sauvage. La prostituée n'était pas morte comme on aurait pu s'y attendre, mais quand elle vit son enfant, elle maudit les dieux de ne pas l'avoir tuée lors du bestial accouplement.

Le petit Kolber avait donc tête de porval. Une longue crinière noire s'épanouissait du haut du crâne jusqu'au bas du dos. Il avait le torse et les bras vigoureux d'un homme, mais les pieds avaient fait place à des sabots dont Saldan Tarek pouvait maintenant entendre le désagréable cliquètement sur le marbre de la pièce. Quant à son sexe, était-il besoin de préciser que Kolber l'hérita de son "père" ?

Les prostituées les plus téméraires ou les pauvres vierges enlevées par la Confrérie de Jaspe pouvaient, si elles n'avaient pas été mortellement déchirées, témoigner de cette terrible engeance.

Saldan Tarek avait vu des monstres de toutes sortes, mais Kolber le Sanguinaire était l'un des plus impressionnants. Il se passa la langue sur les lèvres et sentit le sang couler aux commissures. La force du monstre, prince des mendiants, était redoutable.

— Alors, Saldan, comment vas-tu défendre ta vie ?

— Suis-je donc en danger, Kolber ?

— Ah, ah, ah... Tu n'as pas froid aux yeux mais tu pourrais avoir froid aux bourses, si je t'immergeais lentement dans les eaux glacées qui passent sous ma demeure. Qu'en pensez-vous, les amis ?

La troupe de Kolber, putains et guerriers mêlés, éclata d'un rire énorme. Les sifflets et les vivats fusèrent. Kolber fit un signe de la main. Le silence revint comme la foudre.

— Non, non, j'ai une meilleure idée... Puisque tu te sens si intelligent, cafard des Bilken, tu vas m'affronter... Pas physiquement, que nenni, je ferais une bouchée de ta frêle carcasse de vieillard grabataire...

— Vous me flattez, Kolber.

— Ouais, nous allons lutter grâce au jeu...

— De l'amour ?

— Rigole encore tant qu'il en est temps ! Tu riras moins bientôt car si tu perds, et tu perdras, mon fidèle galamug te grignoteras le foie à petite dose et tes souffrances, avant que la mort ne te délivre, seront affreuses, insupportables, effroyables, dignes de ce que Kolber offre de mieux à ceux qu'il aime !

Les applaudissements accompagnèrent ce déluge de mots et alors que Kolber reprenait place sur son trône en peau de méduse, les gardes firent reculer Saldan Tarek et l'attachèrent à un pylône d'os qui puait encore la mort.

Le sol se déroba telle une immense trappe et fit place à une excavation d'où montaient râles et gémissements. Un garde à la force sans pareille actionnait une roue grinçante. Un plateau en bois sur lequel était dessiné un échiquier vint obturer la cavité et Saldan Tarek comprit alors l'origine des gémissements.

Un immense jeu d'échec dont les pièces étaient constituées d'êtres vivants déjà fort éprouvés par les privations et la torture.

Des victimes de Kolber le Sanguinaire.

Effarouchées, quelques vierges tentaient de couvrir leur nudité des oripeaux qu'on leur avait laissés. De plus vieilles femmes trempaient dans les fèces et le sang.

Pour représenter les tours, Kolber avait eu l'idée de prendre deux colosses. Saldan Tarek reconnut l'un d'eux qui avait servi dans l'armée des Bilken. Il n'avait plus à la place des yeux que deux orbites noires et coagulées. Une spirale cloutée s'enfonçait depuis son cou jusqu'à son bas-ventre et faisait couler le sang au moindre de ses mouvements.

L'un des fous était un notable d'Urbimonium qui n'avait pas voulu verser de rançon pour l'enlèvement de sa fille. Cette dernière jouait le rôle d'un cavalier. Kolber lui avait fait ferrer les pieds et les mains et elle était harnachée comme une jument des haras de Bilken.

Le père ne pouvait voir ce triste spectacle, car il avait été énucléé. Pour ne pas entendre ses jérémiades, on lui avait coupé la langue. De plus pour qu'il jouât à merveille son rôle de fou, un pourpoint avait été tatoué à même la peau par un tison incandescent. Le couturier, à l'évidence, n'était pas des plus fins, car les coutures n'étaient que de larges stigmates bruns gorgés de pus.

Les pions étaient représentés par des enfants volés de part l'Overmonde et qui avaient été forcés aux plus sauvages turpitudes par la garde personnelle de Kolber, composée de brutes aux obsessions les plus inavouables.

Estropiés, borgnes, culs-de-jatte, manchots, lépreux à la chair cautérisée à vif, les enfants formaient un pitoyable spectacle d'outre-tombe. Et il en était ainsi des quarante huit pièces du jeu d'échec.

Saldan Tarek ne put réprimer un frisson lorsque les fouets des gardes s'abattirent sur les pauvres victimes afin de leur faire prendre la bonne position. Le son des chaînes et des lamentations ajouta à l'horreur de la vision.

— Ne t'apitoie pas sur leur sort, Saldan, car ils ne s'apitoieront pas sur le tien ! Lesquels veux-tu, les blancs ou les noirs, ah, ah, ah... Je plaisante ! Choisis ceux qui portent les chaînes cloutées ou ceux que le cuir contraint !

— Je prends ceux-là, fit Saldan Tarek en montrant les pauvres créatures qui se tortillaient dans leurs prisons de cuir.

Lanières, ceintures, colliers, tout était étudié pour que nul repos ne soit accordé aux prisonniers.

— Si tu permets, chien des Bilken, je m'en vais d'abord rendre hommage à ma reine.

Kolber descendit de son trône sous les hourras de ses courtisans. La reine dont il parlait, était une jeune fille frêle à la peau blanche que les coups de fouets avaient striée de larges zébrures rubicondes. Elle trembla de tout son corps lorsque Kolber s'approcha, le sexe à l'air. Les sifflets d'admirations des catins emplirent la pièce. Saldan Tarek eut envie de vomir lorsqu'il vit le membre imposant plonger dans les reins de la jeune victime qui hurla à la mort. Un sourire de jouissance parcourut les lèvres de Kolber et les va-et-vient furent bientôt accompagnés de râles qui tenaient tout autant du hennissement que du couinement rauque. La reine défaillit quand Kolber se retira, mais un coup de fouet la rendit rapidement à son rôle.

— Je crois qu'on peut commencer, vermine des Bilken ! Puisque tu as eu le choix des pièces, à moi l'ouverture !

— Je n'oserais pas te contredire, Kolber... le Sanguinaire !

Un violent coup de fouet déchira la joue de Saldan Tarek alors que Kolber indiquait le pion à déplacer à ses gardes zélés. La partie s'annonçait acharnée et des ménestrels se mirent à jouer une musique douce afin d'amadouer l'humeur ténébreuse de Kolber.

Les pions étaient déplacés sans ménagement et Saldan Tarek comprit qu'il était tombé chez le plus dément des habitants d'Urbimonium lorsqu'il vit les gardes décapiter le pion qu'il venait de "voler" à Kolber.

Ainsi donc, les pièces étaient remplacées après chaque partie et toute la misère d'Overmonde se lisait dans les yeux des manants qui attendaient que les joueurs décidassent de leur sort.

Saldan Tarek voulut arrêter la partie quand il vit son cavalier, la fille du riche marchand, sortir de l'échiquier, et se faire odieusement fouetter par un garde à trogne patibulaire. On l'installa au sommet d'une pyramide de fer et un arceau de bois vint lui peser sur les épaules. Elle mourut empalée dans des cris de souffrances indicibles qui ravirent l'assistance et firent grogner Kolber de plaisir.

La partie était pourtant mal engagée pour lui. Son Roi était en danger et il lui fallut jouer serré car Saldan Tarek était passé maître dans l'art des échecs. La fumée des rôtisseries et des drogues emplissaient le caveau et la musique s'était tue. Tous regardaient l'échiquier où se contorsionnaient les dernières pièces.

Saldan Tarek procéda au grand roque à la surprise de Kolber. Celui-ci ne put que jouer, malencontreusement, son cavalier. C'était ce qu'attendait Saldan qui, d'un subtil déplacement de la tour, mit le Roi de Kolber échec et mat.

Le Sanguinaire se leva dans le flot de sa crinière et dégaina une épée hérissée de pics qui avaient préalablement été trempés dans un poison préparé par sa sorcière attitrée, la sibylline Tritonia la Bossue.

Le fer empoisonné pénétra le flanc du Roi, un manchot au visage ravagé par la lèpre. Le poison ne tarda pas à faire son effet et l'homme roula par terre, s'agitant comme un beau diable. Les veines palpitaient sous la peau et les yeux sortaient presque de leurs orbites.

— Vois, Saldan, le sort que je destine aux rois médiocres ! Un jour Bilken le Rouge goûtera de ce poison et je deviendrai prince d'Andalogne...

Le pauvre gueux n'était plus qu'un foyer de maladies des plus sordides. Des asticots vermillon étaient nés de l'alliance du poison et du sang. Ce grouillement obscène excitait les catins qui s'occupèrent sur le champ des soldats de la garde de Kolber. L'heure était à la joie et à la mort.

Sur le manchot, les pustules semblaient frétiller comme des lucioles dans le silence du caveau, mangeaient sa peau. Le sang sourdait par tous les pores et orifices de la victime qui bougeait maintenant à peine sur le marbre souillé d'excréments. Sa bouche n'émettait plus qu'un faible gémissement et Kolber ordonna aux gardes de brûler le corps sur le champ.

Les flammes répandirent une lueur âcre dans la pièce et les spectateurs se bouchèrent les narines. Seuls les naseaux de Kolber le Sanguinaire, le Dément Porval, humaient avec plaisir l'odeur de chair en décomposition.

Tritonia la Bossue était près de lui et lui soufflait quelques maléfices à l'oreille. Elle lança un regard de vermine à Saldan Tarek qui ne pouvait, ni ne voulait, savourer une victoire au goût si amer. Il se débattit dans ses chaînes, voulut briser la colonne d'os, mais il n'avait plus la force de ses vingts ans.

— Holà, messire Kolber, j'ai gagné et je réclame mon dû ! La victoire me donne la liberté...

— Tu as gagné grâce aux sortilèges du vieux Mnémostène, ce pourceau de magicien à la solde des Bilken ! Je n'ai jamais perdu contre un homme qui se battait loyalement... Tu as triché, infâme Saldan Tarek et tu vas payer.

— C'est toi, putride Kolber qui triche à chaque instant de ta vie de misérable potentat ! Le ridicule devrait t'avoir déjà étouffé, tu n'es qu'un bouffon dérisoire qui répand la haine sur son passage... Le jour n'est pas loin où ta tête porvalesque de torve avorton roulera sous l'échafaud de mon prince Bilken le Rouge ou sous l'épée magistrale d'un homme qui deviendra le héros que je chéris déjà !....

Saldan Tarek savait qu'il n'avait plus rien à perdre, que son sort était scellé par les mots de Tritonia la Bossue. La mort était au rendez-vous et il ne serait pas en retard. Il eut une dernière pensée pour Dame Gerko, son épouse tendrement aimée et pour leur fille Lelilla. Il pensa à son prince, Bilken le Rouge, qu'il avait connu dauphin et dont il fut l'Ombre, au service de Bilken le Neuvième. Et il revit la silhouette élégante et rapide de l'Ombre à qu'il avait enseigné ses secrets. Il revit l'Ombre qu'il avait aimé comme un fils et dont il avait pressenti l'engeance quasi-divine. Jamais il ne saurait s'il avait raison. Mais une chose était sûre : il avait toujours préféré, contre les lois d'Andalogne et du château d'Akralinta, l'Ombre au dauphin Olrik et, s'il n'avait pas souhaité la mort de ce dernier, il était quand même heureux que l'Ombre ait pu s'enfuir. Où était-elle en cet instant qui allait être celui de son dernier souffle ? Que faisait-elle de part l'Overmonde ?... Y aurait-il un jour où les cieux se déchireraient pour qu'éclate une vérité qu'il devinait terrible ?

La voix grondante de Kolber le Sanguinaire le tira de ses pensées.

— Tu parles bien, Saldan, mais tu parles trop ! Toutes ces paroles et ce fiel de crotale ne serviront pas à te sauver la vie. Tu vas mourir, Saldan Tarek et je ferais porter ton crâne au château d'Akralinta !... Mon galamug n'a pas d'appétit aujourd'hui mais la gente Tritonia m'a donné une bien meilleure idée ! Tiens, prends-ça, maudit...

Et, achevant à peine sa phrase, Kolber le Sanguinaire planta son épée foudroyante dans le ventre de Saldan Tarek qui eut un dernier sourire de mépris et cracha au visage porvalesque du monstre avant de sentir la douleur lui manger les sens.

CHAPITRE XIII

J'ai été réveillé en sursaut. Un cauchemar horrible. Saldan Tarek mourrait dans d'affreuses souffrances. Je suis en sueur. Carlotta est encore endormie à mes côtés. La jungle bruisse d'un crépitement qui me glace les sangs. Je comprends tout à coup que je ne suis pas chez moi, sur les terres qui m'ont vu grandir et qui, si elles me sont aujourd'hui interdites, sont néanmoins les miennes. Je suis ici en territoire plus qu'étranger. Je suis un étranger dans un étrange territoire. Le Vietnam... Nous avons marché encore une demi-journée et la grotte n'est toujours pas en vue. Carlotta sait-elle vraiment où elle nous conduit ? Et cette drôle de boussole est-elle aussi efficace que les rayons du soleil ?... Si encore je connaissais ce pays, je me fierais à mes propres calculs et la boussole de Carlotta me ferait rire. Mais comment savoir où est la grotte ?

Si je pouvais en trouver l'entrée aussi bien que j'ai trouvé celle de la grotte intime de Carlotta !

— Tu es vraiment un infernal goujat ! hurle brusquement Carlotta qui vient de s'éveiller.

Elle a lu mes pensées. Je trouve cela très désagréable.

Nos regards alors se croisent et nous y lisons la même stupeur... Si nous pouvons lire dans nos pensées, c'est grâce à Moustik, et nous ne l'avons pas encore entendu ricaner comme à son habitude de nos fréquentes querelles... Je me précipite vers l'énorme plante dans laquelle je l'ai vu s'endormir hier au soir. Carlotta est sur mes traces.

Elle pousse alors un cri. Moustik est sur le dos, les tentacules pendant dans le vide. Il halète, comme à l'agonie. Sa langue bifide est d'un mauve qui m'inquiète. Son ventre palpite à l'extrême comme si un dernier souffle devait en émaner.

— Il va mourir, fait Carlotta en posant sa paume sur le front du petit être.

— Je sais pourquoi, dis-je en saisissant Moustik avec précaution.

— Qu'est-ce que tu fais ?

— Viens, aide moi, enlève lui cette parure, vite !... Carlotta enlève rapidement le costume qu'elle lui a taillé dans la peau du tigre. Ainsi accoutré, Moustik avait fière allure et semblait très heureux de son premier habit. Mais quand on a passé plus de vingt ans dans les eaux boueuses des douves de Göttestein, on n'est pas forcément prêt pour les défilés qui ravissent les dames galantes aux fêtes du printemps.

Nous nous arrêtons au bord de la rivière. Moustik est toujours dans un état lamentable. Je le trempe lentement, d'abord les tentacules. Ses pieds crochus bougent un peu.

Carlotta lui passe un peu d'eau sur le visage. Ses yeux s'ouvrent à demi. Il arrive bientôt à nous sourire. Je sais que je peux le lâcher. Nous le voyons alors couler gentiment dans les flots du Mékong, puisque tel est le nom de ce fleuve.

— Il devrait vite retrouver toute sa vitalité… Reste en sa compagnie, je vais essayer de fabriquer une outre pour pouvoir le transporter… Mieux vaut que cette péripétie ne se reproduise pas ! dis-je à Carlotta qui se déshabille avec grâce.

— Nous avons eu de la chance. Je t'attends et je vais faire un tour avec lui ! Un bon bain me fera le plus grand bien...

Ah les femmes... Elles trouveront toujours le moyen de s'amuser aux moments les plus graves. Lelilla était pareille. Insouciante et si délicieusement sensuelle...

***

Ils avaient marché longtemps, au sein d'une jungle qui paraissait n'avoir ni commencement ni fin. Carlotta s'arrêtait souvent pour consulter sa boussole et l'Ombre ne pouvait s'empêcher de se moquer d'elle. Moustik clapotait dans l'outre de cuir tapissée de peau de méduse que l'Ombre portait sur le dos. Aux abords de la nuit, Carlotta se retourna vers l'Ombre et le toisa du regard.

La cascade grondait comme un porval enroué.

— Voilà ! La grotte est là ! fit-elle en tendant le bras en contrebas du promontoire où ils se trouvaient.

— Où ça ? demanda l'Ombre en plissant des yeux afin de voir quelque chose au travers du rideau arborescent et ruisselant.

— Stupide gueux, suis moi encore quelques pas, si tu veux retrouver l'Overmonde ! lança Carlotta en se jetant dans le vide. L'Ombre sursauta. Il courut vers le bord du précipice et vit Carlotta disparaître dans l'eau du petit lac qui était une tache bleutée dans l'océan de verdure.

"Tu es prêt ?", fit-il à Moustik qui opina du chef dans son outre.

"Prêt, je suis, et sauter, tu vas !"

— C'est exactement ça, tu as tout compris ! hurla l'Ombre en s'élançant dans le vide.

Dans un hélicoptère stationné à la verticale de leur position, jumelles rivées aux yeux, deux militaires incrédules le virent plonger dans l'étang sans pouvoir réagir.

La grotte était immense. Des stalactites et stalagmites ruisselants orchestraient une symphonie de pierres millénaires et les voix de Carlotta et de l'Ombre se répercutaient contre les parois humides, recouvertes d'un salpêtre jaune.

Ils avaient pénétré dans ce lieu magique par une rivière souterraine et maintenant l'Ombre laissait Moustik gambader de stalactites en stalagmites.

Ils s'étaient alors enfoncés dans le boyau de pierre et avaient débouché dans un cirque majestueux.

L'Ombre n'en crut pas ses yeux quand il vit l'oiseau de métal qui reposait dans les ténèbres.

— C'est un avion, l'Ombre ! Un avion, un transporteur de troupes, comme nos chariots de bois ! Seulement celui-ci vole !

— Comme les hélicoptères, alors ?

— Si tu veux ! Mais dans cette coque d'acier,

on peut entasser des centaines d'hommes et d'autant plus facilement qu'ils sont morts !

— Que veux-tu dire ?

— Ce que tu as entendu, l'Ombre. Cet avion est rempli de soldats qui ont trouvé la mort dans cette guerre du Vietnam. Ils sont encore armés ! Un mage d'Overmonde pourrait leur rendre un semblant de vie et ainsi avoir sous ses ordres une terrible armée de morts-vivants.

— Hygnivöom ?

— Tu n'es pas bête.

— Comment cet avion et ces morts sont-ils venus ici ?

— Ah, ah, bonne question, l'Ombre ! C'est Estèban Ruiz qui, contre un peu d'or et beaucoup de mes charmes, m'a aidé dans cette tâche.

— Consentiras- tu à me dire enfin qui est cet Estèban Ruiz ?

— Un Maître d'Armes d'une des divisions de l'armée des envahisseurs ! Un colonel chargé de faire rapatrier les cadavres aux pays ! Mais, qui peut dire s'il n'y aura pas des disparus, hein ? Rien de plus facile... Pour un prix modique, j'ai pu avoir le nombre d'hommes que me demandait Hygnivöom.

— Oui, mais l'avion ?

— En pièces détachées, reconstruit ici même par une escouade de prisonniers qu'Estèban Ruiz a fait disparaître aussitôt l'ouvrage achevé.

— Un être sympathique, cet Estèban Ruiz, mais toi, Carlotta chérie, tu es un peu sotte !

— Ah oui, et qu'est-ce qui te permet de m'insulter ainsi ?

— Tu ne pourras jamais ressortir l'avion de cette prison de pierres ! Les hommes vont pourrir et le métal de l'avion ne sera bientôt plus que rouille impuissante. Estèban Ruiz a tout gagné dans l'affaire et toi tu es nue comme un vers...

Carlotta respira profondément et se mit à rire, déployant sa poitrine avantageuse. Moustik observait la scène avec le plus vif intérêt.

— Tu n'es pas bête, l'Ombre mais tu es sûrement stupide et tu crois tout connaître, ce qui est évidemment faux... Tu vois ce dénivelé qui conduit vers ce tunnel ?

— Oui, et alors ?

— Alors ? Il mène droit à une faille, l'Ombre. Il nous suffira de faire descendre l'avion sur la pente et nous survolerons les terres d'Overmonde en moins de temps qu'il ne te faudrait pour me trousser… si je te laissais faire.

L'Ombre tournait maintenant autour de l'appareil et en auscultait les plus infimes boulons et rivets. Carlotta était plutôt fière d'être à l'origine de son étonnement.

Ils montèrent à l'intérieur de la carlingue. Le spectacle s'avérait d'un morbide dont l'Ombre n'avait pas rêvé depuis longtemps. Les soldats, aux blessures monstrueuses, étaient allongés les uns sur les autres, dans une fixité plus impressionnante que celle d'un simple mort.

— Hygnivöom m'a donné un philtre que j'ai injecté dans le corps de ces soldats, l'Ombre ! Ils ne peuvent plus pourrir ! Veux tu que je fasse la même chose avec toi ?

— Non merci, beauté ! Mais je peux t'injecter un philtre personnel qui pourrait, à longue échéance, t'empêcher de pourrir pour les siècles à venir...

— Oh, oh... Et quel est-il, dis le moi ?

“C’est sa semence dont il parle, Carlotta”, ricana Moustik en se sanglant de sa tentacule gauche dans le siège du copilote.

— Vous êtes très spirituels tous les deux...

— M’accordes-tu une autre question avant de mettre sur pieds un voyage qui s’annonce torride avec de tels passagers ?

— Demande !

— Pourquoi fais-tu tout ça pour ce fourbe d’Hygnivöom qui, à mon avis, te tuera ensuite ?

— Ton avis m’importe peu ! Je fais tout ça pour mettre à genoux ces porcs de Bilken qui m’ont violée alors que je n’étais qu’une enfant...

— Tu as grandi depuis me semble-t-il.

— Ironise encore et tu goûteras de mon épée de diamant. Je détruirais le château d’Akralinta... et tu pourras me remercier, car alors tu ne craindras plus rien ni personne. Tu seras enfin libre de revenir en Andalogne.

— Si tu détruis Akralinta, tueras-tu tous les gens qui s’y trouvent ?

— Tous ! Sans exception !

— Alors il me faudra arrêter ton bras ! Car il y a au château d’Akralinta une jeune femme que j’aime et qui se nomme Lelilla... Si tu ne touchais qu’à un seul cheveu de sa blonde chevelure, tu serais morte par ma volonté...

— Ah, ah, ah... Tu deviens sentimental, l’Ombre... Si une petite pucelle de la noblesse pourrie des Bilken te donne des frissons dans le bas des reins, je peux te faire ce plaisir. Il me plairait trop de te voir chanter l’amour courtois à une péronnelle comme cette Lelilla... Sais-tu que je n’ai cure de tes amours et que tu peux courir derrière les fesses de Lelilla, Tritonia la Bossue ou qui-tu-veux sans que j'en éprouve la moindre jalousie !

"Elle ment, l'Ombre. Je crois qu'elle ment !", pérora Moustik en allumant les diodes du cockpit.

— Tais-toi, microbe dégénéré, hurla Carlotta en le tirant de son siège.

L'Ombre était ressortie de l'avion et contemplait cet improbable spectacle qu'il avait toujours du mal à ne pas associer à la sorcellerie d'un mage dément.

Il lui tardait cependant de retrouver Overmonde, le royaume d'Andalogne — si les prédictions de Carlotta s'avéraient justes — et les tendres baisers de Lelilla...

CHAPITRE XIV

L'air était électrique dans la grande salle du château de Göttestein.

Autour du prince d'Ortolan, la réunion durait depuis bientôt douze heures.

— Nous ne pouvons pas faire confiance aux Bilken, répétait inlassablement le dauphin Ralmon qui avait hérité d'une nouvelle Ombre que rien ne distinguait de la précédente. Une véritable copie conforme.

— Nous n'avons pas le choix, dauphin. nous ne savons pas ce que prépare Hygnivöom. Et nous nous devons d'envisager le pire. Cet homme a réussi à vaincre les flammes, à s'évader du bûcher. C'est un véritable démon ! s'exclama Huberan.

— Nous n'avons aucune preuve matérielle de l'existence du Mage, lança Lalikan.

— Vous mettez donc ma parole en doute ? s'indigna Hyéronimus.

— Pas de querelles intestines, voulez-vous !

Votre parole est sacrée et nous la respectons, Le Borgne, récita posément le prince d'Ortolan. Mais celle des Bilken est effectivement sujette à caution… Avant d'envisager une alliance, j'aimerais bien savoir ce qui se trame de l'autre côté des failles, si cet ailleurs est véritablement pour nous source de danger…

— Nous avons tout essayé, Sire : hommes, femmes, enfants. Aucun n'a réussi à passer, rappela Hyéronimus Le Borgne.

— A chaque fois, l'eau noire des douve s'est teintée de rouge et a recraché une bouillie de chair, d'os et d'humeur jaunâtre, rajouta Huberan en essayant manifestement de convaincre le prince d'arrêter ces essais sanguinaires.

— Et nous nous en tiendrons là en ce qui concerne les humains ordinaires, conclut Ortolan.

— Que voulez-vous dire, prince ? demanda Le Borgne.

— Qu'il conviendrait peut-être en l'occurrence de prêter foi à l'Exodus Codex.

— L'Exodus Codex ! s'exclama Le Borgne. Cet opuscule de démonologie du à la plume enragée de ce fou de Lucilius Hygnivöom ?

— Exactement Hyéronimus.

Et ce disant, Le prince d'Ortolan passa la main sous son plastron de cuir et en sortit un petit parchemin qu'il entreprit de dérouler sous le regard ébahi de l'assemblée.

— C'est votre prédécesseur Antélatok Le Sage qui a retranscrit l'intégralité de l'Exodus Codex. Il fut un temps le disciple d'Hygnivöom, avant que celui-ci ne décide de servir les Bilken. Ecoutez…

sur cette Terre où ils ne sont pas nés
les Mages y perdront leurs pouvoirs
et les humains leur destinée.

— Ce qui laisserait supposer que les magiciens perdent leurs pouvoirs en franchissant une faille mais n'y perdent pas la vie… murmura Huberan.

Tous les regards se portèrent vers Hyéronimus Le Borgne dont le visage ressemblait soudain à une endive jaune des grottes du Bas-Rouf.

***

Hyéronimus avait enfilé une combinaison étanche en peau de méduse. Et si ceux qui l'avaient précédé dans cette folle tentative n'avaient pas eu droit à autant d'égards, ils avaient peut-être eu une plus grande liberté de choix : la plongée ou la mort.

Le code de l'honneur ne s'embarrassait d'aucune notion de libre arbitre.

Hyéronimus Le Borgne allait traverser une faille pour servir la dynastie des Ortolan. Même la mort n'était plus pour lui une alternative possible.

Sa bouche se referma autour de l'embout du respirateur constitué d'une centaine de souples roseaux des marais, minutieusement sélectionnés et évidés. Le tuyau ainsi formé, d'un mille de long, était planté dans la gueule d'un poisson baudruche du lac d'Aminda-Boltenboulok. Son énorme bedaine gonflée d'air allait permettre à Hyéronimus de respirer un air fétide mais non toxique pendant une paire d'heures environ.

— Que tous les dieux de l'Inframonde éclairent ta route, Oh, Mage Hyéronimus ! pontifia le prince d'Ortolan.

Hyéronimus cligna des yeux et se laissa glisser dans les eaux noire des douves.

Hyéronimus Le Borgne se laissa d'abord porter par le courant. Il n'était pas du tout convaincu du bien fondé de cette entreprise et ce rôle passif lui convenait à merveille.

Puis le courant se transforma peu à peu en vortex.

Hyéronimus éprouva alors toute les peines du monde à se maîtriser.

Surtout ne pas hurler. Ne pas lâcher l'embout du respirateur. Ne pas se noyer avant d'avoir atteint son but.

Un courant plus fort que les autres le propulsa soudain vers la surface, arrachant violemment l'embout de l'aspirateur.

Le Mage but la tasse, hoqueta. Il avait l'impression que l'intérieur de sa cervelle s'était transformé en lait caillé. Sa pensée fonça aussitôt vers ses relais d'animaux morts.

Rien ne se passa.

— J'ai réussi, murmura-t-il en laissant échapper un ricanement sordide. Je suis passé de l'autre côté !

Il ouvrit les yeux.

Il flottait sur le dos en battant des pieds et des mains au sein d'une eau jaunâtre. Il se retourna et sa pensée enregistra d'abord les plans les plus hauts et les plus éloignés. Un ciel turquin, La masse vert-bouteille d'une forêt luxuriante, puis son regard descendit et il aperçut la rive du fleuve qui l'avait accueilli.

Et son sourire se figea sur ses lèvres.

Une dizaine d'homme revêtus de tenue vertes le regardaient d'un air sévère en pointant sur lui de curieux objets métalliques qui accrochait par intermittence les reflets du soleil.

***

L'Ombre et Carlotta avaient ingurgité un repas sommaire constitué de vers de vase et de serpents d'eau grillés au feu de bois. Comme à son habitude, Moustik avait mâchonné quelques herbes à l'allure douteuses. Mais apparemment son estomac était apte à engloutir n'importe quelle verdure.

— Que comptes-tu faire exactement, Carlotta ?

— Conduire cette cargaison à bon port.

“Elle veut dire remettre trois cent morts-vivants à Hygnivöom”

— C'est bien ce que j'avais compris, Moustik ! Arrêtez de me prendre tous les deux pour un demeuré. Je comprends certainement plus vite qu'il n'y parait mais je trouve cette idée totalement insensée. Hygnivöom est le plus fou des Mages qu'Overmonde ait connu ! Où s'arrêtera sa soif de pouvoir et de destruction ?

— Ce n'est pas mon problème, l'Ombre ! Et puis ne sommes nous pas des demi-dieux qui n'ont que faire des problèmes des simples mortels ?

— Ces simples mortels, comme tu dis, sont pour l'instant de simples vivants et je trouve ça plutôt bien pour eux... Et puis comment comptes-tu conduire cette machine infernale ?

— Estèban m'a indiqué le fonctionnement de l'appareil. Il suffit de tirer sur le manche à balai et d'envoyer la sauce.

L'Ombre se mit à rire.

— La sauce et le manche à balai ! Estèban s'est moqué de toi sur toute la ligne, Carlotta. Il a dû te prendre pour une folle et n'a pas cherché à te contrarier. Tes cuisses et quelques barres d'or, voilà ce qu'il a gagné, quant à toi, tu as gagné le droit de te tuer au volant de cette machine infernale.

— Aurais-tu peur, l'Ombre ? Tu n'es pas obligé de m'accompagner, tu sais ? Tu peux franchir la faille à pieds. rien ne t'oblige à me suivre.

L'Ombre se renfrogna. Carlotta l'avait piégé.

"Je crois qu'il n'y a plus rien à rajouter… On y va quand vous voulez", ricana Moustik.

***

Carlotta a sorti un bout de parchemin recouvert d'étranges signes cabalistiques.

Apparemment elle sait ce qu'elle fait puisque la bête s'est soudain mise à rugir, s'est soudain éveillée à la vie.

Sur le devant des ailes, les ailes plus petites qui s'appellent hélices se sont mises à tourner de plus en plus vite.

A force de les contempler, je ne saurais même plus dire dans quel sens elles tournoient.

Carlotta nous a expliqué qu'elle avait prit place dans le siège du pilote et que Moustik et moi devions nous installer dans celui du copilote. Ce que nous avons fait sans vraiment comprendre l'intérêt de la chose.

Je jette un dernier coup d'œil à l'étrange cargaison que nous allons convoyer de l'autre côté de la faille. Trois cents morts-vivants recouverts de plaies et d'ecchymoses, que la putréfaction a épargné, et qui paraissent peu amochés même si, sous leurs costumes de guerre, la plupart des ventres doit déborder de viscères.

Un frisson glacé dévale mon dos, laissant sur son passage une traînée de poils hérissés.

— Je lâche les gaz, lance Carlotta.

Et l'avion se met en branle.

"Wouaouhh !!!", s'exclame Moustik.

Et malgré l'angoisse qui transforme mes jambes en coton, je ne peux m'empêcher de rugir à mon tour.

L'avion s'emballe, dévale la pente de plus en plus vite. Sur les côtés de l'appareil, les murs du tunnel ne sont plus que griffures jaunes sur fond brun.

Devant nous, le tunnel devient de plus en plus lumineux. Nous approchons de l'ouverture. Je suis plaqué sur mon siège. Les tentacules de Moustik sont collées sur mes épaules. Pour une fois le petit jacasseur ne fanfaronne pas.

Le décor se met à trembler devant le nez de l'appareil... une brume blanche zébrée de griffures bleues.

La faille !!!

Et soudain une violente lumière m'oblige à fermer les yeux.

Nous sommes sortis. L'avion ne transmet plus aucune vibration à mon corps tétanisé mais je n'ose pas encore rouvrir les yeux.

"Wouaouhhh !!!"

— Et maintenant, plein gaz ! hurle Carlotta.

Je lève lentement les paupières... et une profonde nausée soulève mon estomac.

Le bleu du ciel tout autour et en bas, sous l'appareil, si loin que les bosquets ne sont que de petits points verts et les lacs de minuscules points bleus, la surface bénie d'Overmonde.

Je jette un coup d'œil vers l'arrière et constate que nous avons jailli du flanc d'une falaise.

— C'est la falaise du Ver Luisant, à la pointe sud des monts de l'Arkantara, lance Carlotta. En volant tout droit, nous allons traverser les méandres verts du Bahr Aouk à deux mille jets de flèches d'Urbimonium. Nous attendrons Hygnivöom dans la plaine du Kouen Makan, près de la rivière.

— Et comment saura-t-il que nous sommes là-bas ?

— Regarde.

Je regarde vers le haut de l'habitacle zébré. Plusieurs tiges métalliques partent de ce que Carlotta appelle le cockpit. Sur l'une d'elles, un oiseau mort est empalé et ses yeux vitreux paraissent ne pas se lasser de nous contempler.

Nous volons à la même altitude depuis une heure environ, lorsqu'une question toute bête mais qui me glace le sang se fraye insidieusement un chemin au sein de ma pensée bouleversée.

— Nous n'allons pas tarder à arriver. Regarde, droit devant, ce mince filet vert. Je crois bien que c'est le Bahr Aouk.

"Excellent ! On va enfin pouvoir faire trempette".

Ça y est ! La question est là, dans ma tête, toute prête. Et personne ne l'a encore remarquée.

— Ce que je vais te demander est peut-être idiot, mais comment allons-nous rejoindre le sol ?

Carlotta éclate de rire.

— En suivant exactement la procédure inverse de celle que nous avons appliquée pour décoller. Je pousse le manche, je réduis les gaz, l'avion descend, ralentit et il se pose doucement sur le sable.

— Et si nous percutons un arbre ou un amas de rocher ?

— Oh ! arrête d'envisager le pire !!! Je sais que tu as passé plusieurs années aux aguets à évaluer le taux de danger du plus petit événement pour éviter la mort malencontreuse du dauphin Olrik. Mais maintenant ce gros balourd ne risque plus rien... Alors essaye de te décontracter cinq minutes ! dit-elle en lâchant le manche d'une main pour aller caresser subrepticement celui du copilote.

“Hola ! Hola ! Pas de bêtise !”, s'indigne Moustik en serrant ses tentacules autour de mon cou.

Apparemment, il n'est pas beaucoup plus rassuré que moi.

— Accrochez-vous, on va descendre voir tout ça d'un peu plus près.

Carlotta aurait pu nous dire plein de choses sur le même ton. “Comment allez-vous les amis”. “Il fait beau, n'est-ce pas ?” ou “Je commence à avoir soif”. Non... Elle a voulu en rajouter et le monde a explosé.

Je n'ai jamais éprouvé un tel malaise de ma vie.

Un voile rouge est passé devant mes yeux et maintenant mes viscères sont comme broyés de l'intérieur.

Les tentacules de Moustik enserrent ma gorge tel un étau.

— Je n'arrive plus à déplacer le manche ! hurle Carlotta.

Je la regarde, hébété. Elle tire de toutes ses forces sur cet engin mobile qui dirige l'appareil.

"Nous tombons !", hurle Moustik. "Nous tombons !"

Pour la première fois de ma vie, je crois que je suis en train de céder à la panique. Je ne sais pas quoi faire et cette sensation est horrible. Toute situation est censé avoir une parade, répétait Saldan Tarek. Je suis tenté d'ajouter à cet instant "sauf lorsque l'on revient du Vietnam".

Le sol se rapproche à une vitesse vertigineuse.

— Aide-moi ! hurle Carlotta.

J'empoigne le manche et tire à mon tour de toutes mes forces. Rien n'y fait. Autant vouloir déplacer une montagne !

Et soudain, comme par miracle, la montagne se déplace. Le manche bouge. La surprise me terrasse. Mes mains lâchent le bout de métal. Carlotta est tout aussi stupéfaite. Le nez de l'avion se redresse. Il ralentit. Nous ne sommes plus qu'à quelques mètres du sable et des rochers. L'avion ralentit encore et ses roues touchent la peau écailleuse du désert. Il fait une ou deux embardées, hoquète et s'arrête comme immobilisé par une main géante.

— Que s'est-il passé ? hurle Carlotta passablement hystérique.

"Tu avais un peu trop tiré sur le manche, alors je t'ai donné un coup de main"

— Excellent, Moustik.

Et comme je ne suis pas avare d'expériences nouvelles, je m'évanouis.

***

Si des deux côtés de la faille, le temps ne s'écoulait pas pareillement, une même peur coulait dans les veines des combattants.

Dans le salon de réception du château d'Akralinta se tenait une réunion de caractère exceptionnel. Depuis que les dynasties des Bilken et des Ortolan se battaient sur la surface d'Overmonde, une telle réunion n'avait jamais eu lieu.

Autour de la même table siégeaient le prince d'Ortolan, Bilken Le Rouge, le Mage Mnémostène et le Maître d'Arme Huberan.

— Cette situation est déplorable, maugréa le prince d'Ortolan.

— Je ne vous le fais pas dire ! gémit Bilken en essayant de desserrer les dents... Saldan Tarek, mon fidèle Maître d'Armes est mort. Ce chien de Kolber a osé m'envoyer sa tête énucléée et ébouillantée... Je le tuerai !

— Le château de Göttestein a perdu son Maître des Rêves, se lamenta Ortolan. Et nous ne savons toujours pas ce qui se passe de l'autre côté des failles.

— D'où l'impérieuse nécessité de faire alliance, Messires, lança timidement Huberan. A nous tous, nous pouvons faire rempart contre l'ennemi, quel que soit sa nature.

— Ce qui m'inquiète le plus, c'est l'étrange attitude de la Compagnie des Sortilèges, dit Mnémostène en affichant un air sinistre. Ils ont repoussé la requête de Saldan Tarek et il en est mort. Par ailleurs, aucun de leurs émissaires ne s'est rendu à Göttestein pour enquêter sur la mort du Mage Altérak. Je crois bien qu'il faut se rendre à l'évidence : la Compagnie ne nous aidera pas.

— Je me demande même jusqu'à quel point elle est étrangère à la situation actuelle, ajouta Huberan.

Après une longue nuit de palabres, il fut enfin décidé de concentrer les troupes et les dieux autour du château d'Akralinta.

Le prince d'Ortolan appréciait peu de laisser son château sous la garde d'une armée réduite mais il était évident qu'Hygnivöom allait d'abord libérer sa haine sur celui qui l'avait conduit au bûcher : Bilken le Rouge

Huberan fut promu Maître des armées réunies et Mnémostène hérita des dieux capturés par les princes d'Ampélogne et d'Andalogne.

Lalikan fut chargé du commandement de l'armée réduite en poste au château de Göttestein. En deux mots, il fut mis à l'écart.

Par respect pour la mort du dauphin Olrik, son alter ego de la dynastie des Ortolan fut écarté pour un temps des affaires.

Huberan en fut soulagé.

Le dauphin Ralmon passera sa haine à sa manière, pensa-t-il… Sur le postérieur du barde Ery et sous l'œil impassible de son Ombre, en attendant des jours qu'ils espéraient, comme lui, proches et meilleurs.

CHAPITRE XV

L'Ombre avait acheté un porval au premier village qu'ils avaient rencontré.

Moustik s'était tenu tranquille, recroquevillé au fond de son outre en cuir qui ressemblait en fait à une grosse gourde.

L'Ombre n'avait pas envie de risquer le bûcher en se faisant voir en compagnie d'un fœtus tentaculaire.

Et surtout, il savait qu'ils n'avaient pas de temps à perdre.

Carlotta et Hygnivöom se préparaient à lancer trois cents morts-vivants armés de M16 — c'est ainsi que Carlotta avait appelé les armes-tonnerre — à l'attaque du château d'Akralinta.

En échange des services rendus, Hygnivöom avait bien voulu accorder quelques heures d'avance à l'Ombre pour qu'il aille récupérer sa bien-aimée Lelilla avant que le château et ses occupants ne soient mis à feu et à sang.

Après huit heures de trot ininterrompu, l'Ombre et Moustik venaient de faire halte en plein cœur de la forêt de Kalininnwood.

Les arbres séculaires aux troncs noirs comme de la suie s'élançaient, rectilignes, à l'assaut du ciel. Les hautes cimes tremblaient sous une légère brise en animant un tableau pointilliste, vert et bleu, rehaussé par endroits de petites étoiles dorées. Le sol était recouvert d'une mousse vert-jaune qui recouvrait uniformément, branches mortes, terre et rochers de délicates et accueillantes ondulations. Une petite source glougloutait sous un massif de fougères et de champignons.

— Ce décor bucolique fut un temps le théâtre de la violence, dit L'Ombre. A quelques mètres derrière cette source s'ouvre un puits à lumière qui conduit droit sur les rivières de l'Inframonde. C'est ici que nous sommes venus capturer notre Dieu.

“La peste et le glinglin étouffe les humains ! Installons-nous, ces fougères me donnent faim”

— Une chose me chagrine, murmura l'Ombre.

“Ce ne sera pas la première !”

— Pourquoi Hygnivöom cherche-t-il à avoir mon soutien. Carlotta ne lui suffit-elle donc pas ?

“Si Carlotta avait été seule, l'avion aurait été transformé en salade de fer”

— Mais c'est toi, qui nous a fait atterrir sans encombre !

“Non, tu te trompes, l'Ombre. Lorsque le tronc à remonté le Mékong à contre-courant, je n'ai fait qu'accentuer ce qu'il y avait dans ta tête. Je pense que nous devons fonctionner comme les Mages avec les Dieux. J'ai isolé l'image du bois flotté ou celle de l'avion en train d'atterrir. Mais tout cela se passait dans vos têtes, tu comprends...”

— Tu crois donc que nous aurions un pouvoir, comme les Dieux ?

“Peut-être pas aussi puissant que celui des Dieux, mais un pouvoir certainement. Et je pense que notre rencontre a déclenché tout ça. Nous formons une sorte de triade mentale. Un dragon à trois têtes... Tu sais, depuis quelques temps, les Dieux sont inquiets... Pour la première fois depuis la nuit des temps, l'un d'entre eux a tué un humain.”

— Olrik ? Il n'était pas si humain que ça !

“Ils ont décidé de boucher tous les puits de lumières. Ils comparent les humains à une maladie contagieuse et mortelle. Les deux univers vont être provisoirement séparés et je crois bien que...

— Tu vas les rejoindre, c'est ça ?

“Je t'aime bien, l'Ombre. Mais les autres humains ne m'accepteront jamais et je n'ai pas non plus envie d'user de violence pour échapper sans cesse à leurs griffes. Collé au flanc des Dieux, je pourrais faire le tour d'Inframonde... Mais avant cela, les Dieux sont prêts à nous aider... Nous sommes en partie de leur espèce... Tu peux venir avec moi si ça te chante, et Carlotta aussi. Les Dieux seront ravis de vous accueillir en Inframonde.

— J'aime Lelilla, Moustik et Lelilla est humaine. Elle ne peut pas vivre en Inframonde... Mais comment les Dieux vont-ils pouvoir nous aider ?

“Ça, c'est une surprise !”

***

J'ai attaché le porval à un arbuste de ménardier. Il pourra se nourrir pendant plusieurs jours et s'il ne nous est plus d'aucune utilité, il finira bien par se détacher tout seul en mangeant la branche où est enroulée sa longe.

Moustik enroule ses tentacules autour de mes épaules et je plonge dans l'eau fraîche et rosée du Rubiltérion, l'affluent du Bahr Aouk qui alimente les douves du château d'Akralinta.

Une fois entièrement immergé, Moustik pousse un soupir de satisfaction. Il est enfin de retour dans ce qu'il appelle son élément naturel.

"Regarde, j'arrive maintenant à me déplacer en influant sur le courant !"

Moustik exulte.

Nos pouvoirs s'affinent d'heure en heure. Et nous n'éprouvons aucune difficulté, en conjugant nos efforts à déplacer la grille de filtrage qui accède aux douves du château d'Akralinta.

Je me demande toujours comment nous allons nous y prendre pour rejoindre Lelilla sans être remarqués, lorsque une forme étrange se profile devant nous. Bien trop énorme pour être humaine mais ne ressemblant assurément pas à un poisson. Une voix nouvelle résonne dans ma tête.

"Il était plus simple pour nous de pratiquer une liaison aboutissant directement aux douves. L'ouverture arrive au niveau de la plaque d'évacuation des eaux. Nous pouvons bien sûr l'ouvrir et la fermer à loisir..."

"Génial !", lui répond Moustik.

Les événements les plus surprenants finissent par vous laisser de marbre.

Un Dieu vient de se matérialiser devant moi. Il est impressionnant et beau et je réalise pour la première fois qu'un même sang coule dans nos veines. Une pointe de fierté m'envahit. Mais dans un entourage où les cerveaux se lisent comme des livres ouverts, ce genre de pensée est malvenue.

"Ne perdons pas de temps en errance mystique, l'Ombre, d'ici une paire d'heures l'armée d'Hygnivöom va pointer son groin putréfié..."

"Et comment procède-t-on ?"

"Tu te souviens de ce que je t'ai dit à propos de l'atterrissage du bombardier et du bois flotté... Eh bien, je vais investir tes pensées et nous allons, ensemble, investir celle du Dieu. Nous pourrons alors rapidement trouver un moyen de transport.

A partir de là, tout se déroule pour moi comme dans un rêve.

Nous fusionnons et pendant un court instant je ne sais plus très bien si je vois par mes yeux ou par ceux du Dieu. Ce qui est sûr, c'est que je vois les choses différemment. Tout ce qui m'environne est ce qu'il est mais est aussi autre chose. Comme si toute chose possédait un écho, un double, invisible au commun des mortels.

Moustik enroule ses tentacules autour de mes épaules.

"Allez, sortons de là !"

Nous avons crevé la surface des douves à un endroit plutôt désert.

Pour l'instant, personne ne nous a remarqué.

Nous nous approchons silencieusement des écuries des Bilken. Je me suis passé de la boue sur les bras et le visage et me suis fagoté dans un gros sac en toile. Vu de loin, je peux faire illusion et ressembler un instant à un pauvre garçon de stalles.

Les écuries sont une véritable fantasmagorie.

Tous les chevaux ont un double.

“Ce que nous voyons en ce moment existe-t-il vraiment ? Ou s’agit-il de création divine ?”

“Quelle importance ? Que penses-tu de celui là ?”

“Le cheval noir ?”

“Bien sûr que non… Son double, derrière.”

Une bête superbe, immaculée, presque translucide, aux longues ailes de coton.

“Il est magnifique…”

“Allez… grimpe.”

Le cheval se laisse faire. Il est nôtre. Une extension de nos rêves…

Le cheval vient de s'élever en un majestueux battement d’ailes lorsque les premiers cris retentissent.

Je le dirige tout de suite vers les hauteurs du donjon, vers l’appartement de Lelilla.

Quelques flèches sifflent à nos oreilles.

“Dépêchons !”, hurle Moustik.

Le cheval est maintenant en face de la fenêtre principale des appartements du Maître d’Armes.

“Moustik, colle toi au cheval et va faire un tour vers les hauteurs pour éviter les flèches. Reviens me chercher dans une minute.”

Et je plonge vers la verrière comme s’il s’agissait de la surface tranquille d’un lac vertical.

Dame Gerko et Lelilla, assises sur un imposant

divan, se redressent brusquement, affolées par mon intrusion.

Je m'agenouille aussitôt.

— Excusez-moi, gentes dames, pour ce manque de convenance. Mais la situation est grave !

— L'Ombre !!!

Lelilla s'est aussitôt jetée à mon cou. Les larmes inondent son visage.

— Toi au moins tu n'es pas mort, gémit-elle, les dents serrées.

Je comprends aussitôt qu'il ne s'agissait pas d'un simple rêve.

Saldan Tarek est bel et bien mort. Mais le temps n'est pas encore au chagrin.

— Le château va être assiégé et probablement mis à feu et à sac d'ici quelques heures. Il faut me faire confiance... Je n'ai pas le temps de tout vous expliquer. Suivez-moi.

Dame Gerko me regarde. Et toute la tristesse du monde se lit sur son visage.

— La mort ne me fait plus peur, l'Ombre. Je dirais même le contraire... J'ai totalement confiance en toi. Comme si tu était mon fils et celui de Saldan. Occupe-toi bien de Lelilla.

"Eh, l'Ombre, grouille-toi !"

Le cheval blanc est dans l'encadrement de la fenêtre brisé. Et Moustik s'agite, collé sur ses flancs.

"Approche..."

Je retire Lelilla des bras de sa mère. Le temps n'est malheureusement pas aux effusions.

Et nous sautons vers ce cheval blanc, étincelant comme une perle sous le soleil, ce cheval rayonnant qui va nous conduire vers la liberté ou la mort.

CHAPITRE XVI

Hyéronimus le Borgne était passé d'une geôle à l'autre avec une célérité qui n'avait d'égale que son passage dans la faille, d'Overmonde en Vietnam.

Il avait eu beau crier et geindre qu'il était un mage de la Compagnie des Sortilèges, les guerriers en tenues verdâtres avaient seulement ri bien fort. Son charabia leur était incompréhensible et comme il lui était impossible de prouver ses dires par un quelconque acte magique, il dut se rendre à l'évidence : il avait été, ailleurs et en un autre temps, un mage de la Compagnie, mais il n'était plus qu'un pauvre gueux que les soudards au langage inconnu prenaient pour un simple fou.

Il subit alors avec peu d'entrain une torture rigoureuse en comparaison de laquelle celle des bourreaux des Bilken était un pur jeu d'enfant. Les guerriers lui appliquèrent sur les bourses des fils de métal qui conduisaient la foudre au tréfonds de son être. Quand les boules de chair fripée exhalèrent une désagréable odeur de brûlé, il avoua tout ce que les soudards voulaient, mais en pure perte. Les gueules vérolés ne comprenaient toujours rien à son couinant baragouin. Et pourtant il essayait tous les dialectes qu'il connaissait de part l'Overmonde. Rien n'y fit. Au bout de quelques heures atroces, l'un des chefs, descendant d'un dragon de métal noir aux ailes tournoyantes, vint vers les tortionnaires et leur parla rapidement. La torture cessa.

Le chef n'était autre qu'Estèban Ruiz.

De retour de la grotte, il avait pu, à son grand effroi, constater la disparition du bombardier et des cadavres. Quelque chose de plus fort que le délire Viêt-cong se tramait derrière le rideau de la jungle et il lui fallait absolument en venir à bout. Il comprit vite que le vieux fou qui avait émergé de l'onde n'était pas sans rapport avec cette catin de Sacher-Boulba. La maudite putain l'avait bien manipulé et si l'Etat-Major à Saïgon apprenait ses criminelles activités, il pouvait dire adieu à ses galons de colonel. Quant à jouer au rami dans les cellules d'Alcatraz après un conseil disciplinaire des plus durs, ce n'était pas pour lui plaire. Il lui fallait donc à tout prix retrouver Carlotta, effacer toutes les traces de leur relation et s'immerger dans le simple conflit nord-vietnamien, une sinécure en regard de cette histoire invraisemblable.

Commandé par Estèban Ruiz, un escadron partit aussitôt vers la grotte. Dans l'un des dragons volants au métal flamboyant, Hyéronimus le Borgne était soulagé que l'arrivée de Ruiz eût mis un terme à ses souffrances mais le colonel n'était visiblement pas d'humeur sereine.

En voyant le mage dont il ne comprenait pas un

traître mot, il eut un rictus sinistre en mettant ses lunettes de soleil.

Il cracha un glaviot noir en se jurant qu'il tuerait Carlotta de ses propres mains s'il la retrouvait.

Il l'avait cru folle, mais c'était elle qui l'avait floué.

Hyéronimus ne disait plus rien, les oreilles et les cheveux décollées par les baffes de Ruiz et par l'infernal ronronnement du dragon de métal.

***

Hygnivöom arrêta ses déambulations. Les trois cents hommes étaient debout devant lui. La masse compacte se découpait sur les cieux mauves et dorés. La nuit allait tomber sur les monts de l'Arkantara. Dans la plaine du Kouen Makan, les soldats ne sentaient pas le souffle chaud du Siddarta, un vent léger venu du désert du Mako, envelopper leurs carcasses grotesques de guerriers de l'au-delà. Leurs paupières étaient ouvertes sur des globes d'un blanc laiteux qui ne laissaient transparaître nulle émotion. Des morts-vivants, armés jusqu'aux dents, surentraînés par des années d'une guerre dont la violence imprégnait encore leur cadavérique chair.

Lucilius Hygnivöom éprouva un sentiment de totale puissance. Une armée toute entière dévouée à sa cause et qui allait croître encore en nombre quand il entrerait en contact avec l'esprit de chacun des morts.

A ses côtés, Carlotta von Sacher-Boulba mâchait un savoureux morceau d'estomac de porval farci d'abats de méduses des sables et d'Exclandrapum Herboafolia, une plante aromatique qu'elle savait préparer avec une savante délicatesse culinaire. Elle pensait avec délice à la manière dont elle ferait mordre la poussière à Bilken le Rouge. Le moment qu'elle avait tant attendu était maintenant proche et il lui tardait de faire tâter de son tranchant diamant au prince de la plus torve des dynasties d'Overmonde.

Hygnivöom leva soudain les bras vers les cieux enflammés. Carlotta cracha son morceau de porval et regarda le Mage Flambant entrer en transe. Elle s'essuya les lèvres d'un revers de la main et s'assit sur un rocher. Elle était coutumière de ces accès terribles d'Hygnivöom et n'y prêtait guère plus d'attention qu'une puce en prête au cul infecté d'un porval sauvage. Elle planta son épée dans la sable ombragé et attendit calmement que le sordide mage daignât sortir de son outrancier état...

Le visage d'Hygnivöom était maintenant parcouru de spasmes lents et profonds qui allaient jusqu'à faire rouler ses yeux rubiconds dans leurs orbites cornées. Les fissures de la peau carbonisée palpitaient d'une intense agitation. Les lèvres se mirent à psalmodier des incantations dans lesquelles Carlotta reconnut des versets de l'Exodus Codex. Elle dressa l'oreille. Elle n'était pas sans savoir que l'Exodus Codex ouvrait les portes de la perception, apportait à celui — ou celle — qui le maîtrisait un pouvoir sans pareil. Hygnivöom en était l'auteur, mais elle ne désespérait pas un jour d'en devenir l'unique bénéficiaire. Elle avait déjà, au cours d'autres transes, noté quelques abscons versets. Hygnivöom tendait les bras vers la masse des soldats. Comme sous l'impulsion d'un marionnettiste invisible, tous penchèrent la tête en arrière en une simultanéité qui dépassait la simple rigueur militaire. La voix d'Hygnivöom avait pris une sonorité caverneuse.

"Mortakem enta kolvaquis ned
Tentra Divonibus makambre delendo
Carvinium Dakoma fulbuitibus tenebrarum
Hortisunae legens Potentum."

Carlotta en savait assez de l'Exodus Codex et du langage codé inventé par Hygnivöom pour traduire ce qu'elle venait d'entendre. Elle comprit que le Mage Flambant unissait son esprit à celui des soldats morts pour entrer en contact avec les autres morts, ceux qui restaient toujours prisonniers de la jungle vietnamienne.

Dialoguant ainsi, par le biais de leurs mémoires mortes, avec les cadavres épars dans l'enfer vert, Hygnivöom tentait de leur rendre un souffle et de les conduire vers une faille pour qu'ils puissent le rejoindre en Overmonde.

Carlotta reprit son épée et un frisson glacé parcourut son échine. Lucilius était proprement démoniaque et son visage n'était plus qu'une boule charbonneuse où luisaient deux rubis incandescents. Les nuages s'amoncelaient maintenant au-dessus de leurs têtes et le crépuscule finement coloré avait cédé devant un maelström aux teintes sombres. Des spirales de vents se déchaînaient et le corps d'Hygnivöom crépitait, en proie à la bise de ses braises intérieures.

Carlotta se drapa dans une tunique en fourrure de porval, doublée de chair tannée de piskédron, prête à affronter autant le déchaînement des éléments que celui de la folie d'Hygnivöom.

***

Les faisceaux des lampes-torches éclairaient les moindres recoins de la grotte. Estèban Ruiz se lissait le sourcil gauche en tétant un gros Havane castriste. Plus loin, l'escadron obéissait aux ordres gueulés dans le silence sépulcral par l'obèse major Baccarat. Hyéronimus le Borgne ne quittait plus Ruiz, et on eut dit qu'il en était devenu l'Ombre zélée.

— D'où viens-tu réellement, maudit vieillard ? D'où viens-tu ? éructait-il sans vraiment attendre de réponse.

Mais dans la bouillie verbale du vieillard, il reconnut un mot qu'il avait déjà entendu dans la bouche de Carlotta.

Overmonde !!!

Ainsi donc, tout ce que lui avait dit la jeune femme était vrai ?

Estèban Ruiz se parlait à voix basse et le mage le regardait, étonné.

— Je croyais que Carlotta était bourrée aux champignons hallucinogènes quand elle me disait ça dans le flot de l'orgasme, mais non, alors ?!? Bordel de merde, l'Etat-Major ne voudra jamais croire un tel délire...

Estèban Ruiz marcha vers Baccarat qui venait vers lui au petit trot.

— Les gardes viennent de me prévenir. Les hélicoptères ont repéré des mouvements dans la jungle. Des hommes se rapprochent de la grotte, mon colonel.

— Merde, les Viets ! Vous me prenez le sergent Bad Dard, et…

Le colonel Estèban Ruiz n'eut pas le temps d'achever sa phrase. Le crépitement des armes automatiques déchira la nuit de la caverne. Les hommes de l'escadron se mirent à couvert et répliquèrent au jugé. Hyéronimus le Borgne s'était caché, le visage déformé par la terreur, derrière un stalagmite suintant de salpêtre.

Les attaquants firent irruption dans la lumière des faisceaux qu'agitaient les hommes de Ruiz. Le colonel faillit avaler son cigare. Il n'en croyait pas ses yeux et le major Baccarat lui-même poussa un juron de détresse avant qu'une balle mieux ajustée que les autres n'emportât la moitié de sa cervelle avinée.

Les ombres mouvantes des morts-vivants se dressaient contre les parois jaunes et brunes. Ils arrivaient par dizaines, Vietnamiens et Américains confondus. Une macabre cohorte de corps défaits par les combats, de chairs explosées par les mortiers, de visages déchirés par les coups de machettes.

Des hommes qui portaient les stigmates des plus épouvantables combats du Vietnam.

— Qu'est-ce que c'est que ce truc, nom de Dieu ! hurla Ruiz en extirpant Hyéronimus le Borgne de sa cache, tout en aspergeant les alentours d'une rafale de mitraillette.

Le mage refluait vers le fond de la grotte en courbant l'échine. Ruiz décapita d'une rafale un des morts-vivants et se pencha sur le cadavre puant la décomposition. Il saisit la plaque de guerre.

— James Cooper. 78ème Régiment d'Infanterie. The Big Black One ! Merde, merde et merde ! Ils ont tous disparu dans l'offensive de Da-Nang... Je rêve ! Je rêve !

Estèban Ruiz déglutit avec peine.

Un groupe de Vietnamiens l'avait pris pour cible et les balles transpercèrent son poitrail. James Cooper, dont la tête avait éclaté contre un stalactite en queue de cochon, venait de se relever et avançait telle une poupée de cire vers le fond de la grotte.

Le Mage, dans l'affolement, se retint au colonel en le suppliant de l'aider. Ruiz se débattit, et, en un dernier réflexe, tenta de recharger son arme. Il eut le temps de voir les morts-vivants avancer au pas vers le fond de la grotte. Hyéronimus s'était planqué entre deux cadavres qui se relevèrent bientôt pour marcher vers ce qu'il devinait être la faille…

Ruiz eut une ultime pensée pour Carlotta von Sacher-Boulba. Il eut un rictus d'amertume et un petit rire stupide.

— J'aurais tellement aimé lui dire deux mots en face, acheva-t- il en s'écroulant dans la poussière.

Le colonel Estèban Ruiz venait de mourir.

Mourir...

Alors que Hyéronimus regardait le flot des morts-vivants passer le guet vers Overmonde, le reflet cendré d'un ignoble mouvement perpétuel brilla au fond de l'iris du colonel.

Tout pouvait à nouveau recommencer.

***

Les clairières de la forêt de Kalinninwood n'ont pas toujours été accueillantes. Mais pour les amoureux, il n'y a pas de lieu qui ne soit un Paradis.

Lelilla est d'une beauté qui me ravit et les jours qui nous ont séparés, ont également su lui apporter un charme encore plus grand. Elle rayonne tel un soleil éclatant et se laisse bercer dans mes bras, ne sachant pas encore s'il lui faut pleurer la perte de ses tendres parents ou rire de nos retrouvailles. Moustik n'a cessé de soupirer à la vue de notre bonheur. Non pas qu'il soit jaloux, mais il nous trouve tout simplement un peu stupides. Je ris en lui lançant une branche morte qu'il évite avec souplesse avant de plonger dans un bras houleux du Rubiltérion.

Mais ces quelques instants de paix sont de courte durée. La beauté et le charisme de Lelilla ne me font pas oublier les heures pénibles qui attendent les Royaumes d'Overmonde. Dois-je fuir comme un lâche alors que les terres de mes ancêtres sont menacées par la folie de Lucilius Hygnivöom ? Dois-je abandonner tous ces misérables sujets du Royaume d'Akralinta qui ne sont pour rien dans les querelles intestines et qui pâtiront cependant de la haine ?

Qu'aurait fait Saldan Tarek, mon Maître vénéré, en pareille circonstance ?...

Je marche de long en large, le visage maussade. Le cheval ailé hennit dans la moiteur du jour. Les Dieux me seront-ils propices si je tente une action ?

Et quelle action ?...

Lelilla est venue près de moi après avoir préparé un met délicat. Je me confie à elle, car je sais que son cœur parlera sincèrement et que son jugement sera, comme jadis, des plus justes.

Même enfant, Lelilla était d'une impartialité qui faisait la fierté de Saldan Tarek, son père, et Bilken le Rouge lui-même vint un jour demander l'avis de la jeune fille dans un litige qui opposait son fils, le médiocre dauphin Olrik, au fils de son cousin Amos, dont le prénom, si ma mémoire ne me trahit pas, est Karkinen, maréchal d'Olatok.

Lelilla sut trancher en faveur de Karkinen, au grand dam d'Olrik qui lui en tint à jamais rigueur. Mais Bilken le Rouge écouta les conseils de la fille de son fidèle Tarek et ramena ainsi le calme dans la maison royale.

La nuit maintenant tombe sur Overmonde et les yeux de Lelilla sont des amandes de lumière dans la pénombre qui nous enveloppe. Puissent-ils ramener le calme dans mon esprit...

— Qu'y a-t-il, mon amour ? Pourquoi un regard si ombrageux en ce moment ?

— Ecoute moi, Lelilla... Je suis heureux près de toi, mais je ne pourrais me satisfaire de ce bonheur si le peuple d'Andalogne est dans la misère !

— Moi non plus ! Tes paroles me vont droit au cœur. Ecoute moi à ton tour, mon amour. Saldan Tarek, mon père adoré, m'avait fait part d'un secret.

— Un secret ?

— Disons qu'il savait que tu reviendrais vers nous ! Il ne pouvait connaître sa douloureuse agonie, mais il était sûr que tu ne me laisserais pas dans l'adversité. Il savait notre amour et n'y était pas hostile. Il t'aimait comme son enfant...

— Je le sais, Lelilla ! Et je l'aimais également.

— Montre moi ton épée.

— Mon épée !?!

Lelilla rit doucement en sortant la lame du fourreau. Je la regarde me tendre l'arme meurtrière qui a tranché tant de corps félons.

— Regarde et dis moi ce que tu vois, mon amour !

— C'est mon épée et elle te protégera toujours, mais...

— Et là ?

— Le pommeau en rubis, oui et alors ? Il est finement ouvragé et... Oh, bien sûr c'est Saldan Tarek qui m'a remis cette arme quand je suis devenu l'Ombre du dauphin Olrik.

— Cette épée était la sienne, l'Ombre. Car mon père aussi fut, en des temps reculés où nous n'étions que des étincelles dans le chaudron des Dieux, l'Ombre d'un prince d'un royaume englouti, le célèbre royaume d'Urk'Pathos. Cela se passait bien avant qu'il soit l'Ombre des Bilken.

— Urk'Pathos ! fais-je émerveillé en prononçant ce nom de légende.

Ainsi donc Saldan Tarek avait vécu les heures fastes et l'âge d'or d'Overmonde. Jamais je n'aurais pu croire qu'il était si vieux.

Mettant fin à mes méditations, Lelilla reprend son récit.

— Je suis la seule à qui il a fait cette confidence et je te livre aujourd'hui ce secret...

— Mais...

— Non, écoute moi, mon amour ! Il existe dans les confins d'Overmonde une secte mystérieuse qui réunit les Ombres présentes et passées des princes de nos royaumes. Et ce, depuis des millénaires. C'est la Secte des Chevaliers-Ombres et on y invoque l'âme des Ombres disparues. Je suis heureuse car je sais que mon père est avec ses amis, ses frères d'armes. Le pouvoir de la Secte est plus étrange encore que celui de la Compagnie des Sortilèges. Peu de gens connaissent cette secte ! Comprends-tu ?

Au fur et à mesure que parle Lelilla, en effet, je comprends mieux l'attitude de Saldan Tarek à mon égard. Ainsi donc, tout mon apprentissage n'était qu'un rituel pour devenir un membre de la Secte des Ombres.

Ainsi donc, tout était gravé dans la roche du temps.

Ainsi donc, je suis également un chevalier destiné à veiller sur Overmonde, à lutter pour la survie des âmes en peine.

— Il nous faut rejoindre la Secte, l'Ombre, et demander conseil à ses Sages.

— Mais comment savoir où se trouve la Secte, Lelilla ?

— Père avait tout prévu. Voici donc le pommeau de l'épée. Quand on le met en face de sa parfaite réplique d'améthyste, sous la lumière de la pleine lune, une carte lumineuse d'Overmonde se dévoile et dévoile l'endroit où aller. C'est un endroit sans cesse changeant. Les Chevaliers-Ombres veulent éviter toute traque.

— Qui a cette réplique ?

— C'est moi, regarde ! fait Lelilla en fouillant dans son bagage.

Elle fouille et fouille encore. Son visage devient pâle comme lait de brebis. Elle relève la tête. Ses yeux sont en pleurs.

— Qu'y a-t-il Lelilla ?

— Je... oh non, ce n'est pas vrai ! Je ne l'ai plus... Notre départ précipité d'Akralinta... J'ai... j'ai du l'oublier au château ! Je croyais l'avoir sorti de sa cachette... Oh, mon amour, je m'en veux ! Tout est perdu ! Jamais nous ne trouverons la Secte des Chevaliers-Ombres…

— Non ! fais-je en me levant brusquement. Je retourne au château et je ramènerai le pommeau d'améthyste. Dis moi simplement où tu le cachais.

Lelilla m'a tout expliqué.

Je l'ai confiée à Moustik.

J'enfourche le cheval ailé. Si je ne me trompe pas, les hommes d'Hygnivöom ne doivent plus être très loin du château. Avec la chance qui caractérise mes dernières aventures, je devrais atteindre les tours de la forteresse en plein combat.

La forêt de Kalininnwood devient un grumeau vert dans la grisaille morcelée d'Overmonde... Mon seul espoir est de rejoindre la Secte des Chevaliers-Ombres et mon unique souhait, de vivre paisiblement jusqu'à la fin de mes jours avec ma femme, Lelilla Tarek.

Si le sort et les Dieux le veulent bien...

CHAPITRE XVII

La forteresse d'Akralinta était hérissée de pals, de javelots monstrueux aux dards plongés dans le poison, d'arbalètes géantes, d'onagres et de catapultes. Les pauvres des faubourgs s'étaient réfugiés au château sous la protection de leur seigneur Bilken le Rouge. La cour principale résonnait du fracas des armures et du cliquetis obsédant des fléaux d'armes, des carquois chargés jusqu'à la gueule de flèches porteuses de venin de serpentaures nains et des épées tranchantes comme les fielleuses paroles du barde Ery, le mécréant conteur resté à Göttestein adoucir l'amertume du pleutre dauphin Ralmon d'Ortolan, injustement nommé l'Audacieux.

Sur les murailles est et ouest, les plus exposées, on avait placé d'immenses chaudrons remplis d'huile bouillante et de métal fondu dont les bulles clapotantes disaient bien la féroce puissance dévastatrice.

Tout le royaume d'Andalogne, et ses nouveaux

alliés d'Ampélogne, attendait dans la nuit mouvante le déluge des forces démoniaques d'Hygnivöom le Flambant. Les hommes pressés aux remparts crénelés pouvaient presque sentir, tels un parfum de femme ou un fumet de porval grillé, l'âcre odeur du fléau en marche. L'anxiété était à son comble lorsqu'un éclair sifflant perça l'anus des ténèbres et vint ravager l'aile ouest des fortifications et la première tour de guet.

Les guerriers, déchiquetés par le feu multiple, volèrent au-dessus des cavaliers qui eurent un mal fou à contenir l'élan effrayé des porvals caraparaçonnés de cuir, de peau de méduse et de métal grossièrement parsemé de pointes mortelles. Un second éclair brûla le lourd pont-levis de la forteresse comme si ce fut un fétu de paille. Des décombres calcinées, surgit la première vague offensive des soldats d'Hygnivöom. Glissant le long de grappins, ils firent une irruption qui surprit les avant- postes de l'armée d'Ampélogne. Devant l'assaut des morts-vivants, les hommes de Huberan reculèrent jusqu'aux secondes fortifications sous un feu nourri de plomb qui les décimait comme de vulgaires insectes. Les cris d'horreur et de surprise emplissaient la tiédeur de la nuit mais n'arrêtaient nullement le flot jacassant des morts-vivants.

A quelques milles du cœur des combats, Carlotta von Sacher-Boulba inspectait une dernière fois le bombardier. A ses côtés, Lucilius Hygnivöom trépignait presque.

Il avait réussi !

Les soldats étaient arrivés par les failles... Ceux qui avaient rejoint la première troupe le prouvaient. Quant aux autres, plus aucun doute n'était permis. Ils fondraient sur Overmonde, depuis toutes les failles possibles, comme la peste ravage le moindre sillon de vie sur son passage quand elle a quitté le ventre infecté d'une maléfique truie.

Ils étaient en marche pour le château d'Akralinta. Ils raseraient aussi celui de Göttestein. Hygnivöom eut un tremblement de joie. Rien ne résisterait à leur mécanique force. Pour enfin lui permettre d'assouvir sa vengeance et mettre plus bas que terre le Magnus Potens d'Andalogne, Bilken le Rouge et son comparse des jours tristes, le vil Ortolan. Carlotta lui tapota l'épaule. Il fit une brusque volte-face.

— Je crois qu'il est temps de partir, fit-elle en se passant la langue sur les lèvres.

— Est-ce que ce... ce... enfin cet avion est vraiment un moyen sûr d'atteindre Akralinta ?

— La prudence est la qualité des sots et le défaut des médiocres, Hygnivöom. Et vous n'êtes ni l'un, ni l'autre ! Comment voulez vous arriver sur le château sinon dans un cortège qui asseoira votre puissance de Mage pour le restant de l'éternité ?

— Vous y allez un peu fort, belle Carlotta, mais il est certain que je ne peux me rendre au château de Bilken le Rouge comme un vulgaire manant ! Il faut qu'il voit et comprenne mon triomphe !

— Alors pressons-nous, car je n'aimerais pas que vos morts- vivants de malheur lui prennent la vie avant que j'ai eu le temps de lui souffler mon poème vengeur au creux de l'oreille. Allez- y, montez, mon cher Hygnivöom.

— Non, non, allez-y, charmante Carlotta, honneur à la beauté et à la jeunesse.

Elle ne se le fit pas dire deux fois et monta dans

la carlingue où se trouvaient un escadron de trente hommes que Hygnivöom avait tenu à préserver comme garde personnelle.

Les morts-vivants étaient “assoupis” et affublés, selon les vœux de Carlotta, de parachutes. Estéban Ruiz lui en avait expliqué l'utilité un soir d'orgie. Elle se demanda dans quel tripot mal famé de Saïgon le bougre pouvait bien dépenser sa solde de colonel. Pensait-il à elle en ce moment ? Ou n'avait-elle été qu'une femme de plus dans sa vie dépravée d'élégant soudard ? Si elle retournait au Vietnam, elle le retrouverait et lui ferait avouer bien des choses dans la douceur d'un lit sensuel.

Elle chassa ces pensées de son cerveau en attachant la ceinture du siège de pilotage et en lançant les hélices de l'avion dans leur ronde incessante. Hygnivöom la regardait faire, légèrement soucieux devant le fonctionnement de cette machine digne de l'esprit torturé d'un Leonardo da Gaudi.

— Ce n'est pas l'Exodus Codex qui pourrait vous aider en ce moment, pas vrai mon cher Hygnivöom ? ricana Carlotta en tirant sur le manche à balai.

— Peut-être pas, mais ne riez pas, tendre jouvencelle ! Car l'Exodus Codex apporterait puissance et gloire à celui qui s'en emparerait... Mais pour l'instant, j'en suis encore, dans son intégralité, le seul possesseur, répliqua Hygnivöom en sortant de sa toge en soie d'araignée le précieux manuscrit enfermé dans une gangue de cuir rouge.

Il allait encore pontifier quand le décollage lui fit vomir la portion de porval bouilli qu'il avait daigné accepter de la part de Carlotta. Le bombardier s'éleva dans les airs et amorça un virage au-dessus du Bahr Aouk.

Carlotta, la boussole d'Estèban Ruiz dans la main, mit alors le cap sur le château des Bilken où les combats avaient atteint une indicible horreur.

***

Sur le cheval ailé, que j'ai appelé Véguz, je vole dans les cieux désastrés d'Overmonde depuis une paire d'heures qui me semble une éternité. Soudain, une colonne de feu m'indique la position du château d'Akralinta. Les hommes d'Hygnivöom ont donc donné l'assaut et peut-être est-il déjà trop tard.

J'arrive sans encombre près de l'une des tours du château. Il faut dire qu'elle donne sur un gouffre sans fin, et que du haut du promontoire rocheux, il n'y a pas à craindre une attaque de fantassins. Aussi, les hommes de la forteresse ont-ils abandonné la position pour aller prêter main forte aux postes plus exposés.

Je laisse s'envoler Véguz vers les rivages des limbes. Si je ne ramène pas le talisman d'améthyste, est-il bien utile que je revienne vers Lelilla ? Et je sais aussi que les rêves qui me lient aux Dieux sont d'une étoffe fragile, et que les créatures qu'ils engendrent ont une vie éphémère. Véguz bat des ailes dans la nuit, et il hennit deux fois comme s'il me remerciait de lui rendre sa liberté. Mais c'est moi qui devrait le remercier de m'avoir conduit au château d'Akralinta avec une rapidité que n'atteindra jamais aucun porval, même ceux des haras de Hurlemajhou, tant convoités par les brigands d'Overmonde.

La tour est plongée dans un silence qui n'augure rien de bon. J'ai tiré mon épée de son fourreau. Le pommeau me regarde de son œil de rubis comme s'il me lançait un défi. J'appelle au fond de moi l'âme de Saldan Tarek pour qu'elle me guide dans cette épreuve douloureuse. Le sort d'Overmonde, de tout un peuple, est entre mes mains.

Elles ne trembleront pas.

Je descends les escaliers de marbre quatre à quatre, avec la vitesse d'un félin et la calme d'un insecte. Tous mes sens sont aux aguets. Il me faut rejoindre au plus vite la salle du conseil du château. Lelilla, espiègle, a caché le pommeau d'améthyste dans une anfractuosité du lourd socle central de la table de marbre rond. Personne n'aurait été le chercher là. J'entends les bruits sourds du combat et les rafales meurtrières des pistolets automatiques. Les soldats de l'armée d'Andalogne se battent contre plus fort qu'eux.

Que peuvent de simples armes de fer contre des gueules noires qui crachent le feu ? Peut-être y a-t-il une chance, si Mnémostène parvient à fusionner avec l'esprit du Dieu et retourner la situation comme il le fit, avec éclat, à la passe de la Gueule du Dragon. Mais Mnémostène est-il seulement encore vivant ? Le doute m'assaille alors que je parviens dans les galeries sombres et désertés qui mènent à la salle du conseil.

***

Mnémostène était en transe. Les cuves du Dieu et de la Déesse avaient été mises à l'abri dans une fosse gorgée d'eau du Rubiltérion, au milieu du caveau secret du château où s'étaient réfugiées les familles princières et quelques notables.

Autour du mage, Bilken le Rouge et le prince d'Ortolan faisaient les cents pas. La colère et la terreur pouvaient se lire sur leur visage à chaque fois qu'un émissaire, empestant la poudre et la sueur sanglante, venait leur faire part de l'avancée des combats. Bilken s'arrêta à quelques mètres de Mnémostène.

— Par les poils de Grawinfül ! hurla-t-il en frappant du plat de son épée contre un pilier vermoulu. Qu'est-ce qu'il fait ? Pourquoi n'a-t-il pas encore renversé la situation ? Nos Dieux seraient-ils impuissants contre les armes de ces zombies ?

— Ne blasphème pas, Bilken ! Les Dieux n'aimeraient pas trop entendre tes paroles, coupa Ortolan en buvant une gorgée de vin fin dans une corne de porval.

— Je ne blasphème pas, mais l'heure est dramatique ! Voilà ce que nous allons faire, Ortolan. Tu prendras tes hommes les plus braves et vous appliquerez le schéma de la “catapulte” sur le flanc ouest du château qui est le plus exposé.

— Très bien, mais serez-vous assez nombreux pour repousser ces mercenaires venus d'outre-tombe du côté des fortifications sud ?

— Si vos seigneuries me permettent, interrompit Huberan, j'aurais un mot à dire. Il était revenu faire un point rapide avec les seigneurs et avançait dans la lueur des torches.

— Parle Huberan !

— Ces mercenaires n'obéissent qu'à un être. Hygnivöom !

— Nous savons cela, et alors ?

— Tant qu'il sera vivant, nous serons impuissants ! Chaque fois qu'un des nôtres tombe, c'est un élément de plus dans son armée. Car, non seulement tous les morts deviennent ses alliés, mais de plus, ses mercenaires procèdent sans aucune stratégie militaire précise. Ils avancent dans un désordre indescriptible, ce qui rend plus difficile toute contre-attaque. Nous allons à la catastrophe et je pense qu'il faudrait fuir le château, messires !

— Oiseau de malheur, cria Bilken en crachant comme un manant. Je ne quitterais pas la forteresse que mes ancêtres ont bâti de leur propres mains avant d'en avoir expulsé tous les diables d'Overmonde, d'Inframonde et d'ailleurs.

Et sur ces mots, Bilken, escorté de sa garde prétorienne, sortit du caveau, prêt à en découdre avec les GI's d'Hygnivöom.

Mnémostène psalmodiait des versets incantatoires et les Dieux commencaient à s'agiter dans les cuves. Leurs faces monstrueuses étaient aplaties contre le verre et le mâle ouvrait la bouche comme s'il avait appelé la femelle dont on devinait les tentacules dans les remous de la fosse.

— Je n'aimerais pas qu'ils copulent maintenant, fit Ortolan en quittant, lui aussi, le caveau pour aller au devant du danger.

— Ce serait peut-être pourtant la meilleure chose, répliqua Huberan en suivant son prince.

Mnémostène ne les entendait pas.

Son esprit venait de fusionner avec celui de la Déesse...

***

Le bombardier croisa le cheval ailé et le plus surpris ne fut pas celui qu'on pourrait croire.

— Mnémostène est-il encore en train de faire des prodiges ? railla Hygnivöom en jetant un regard vers Carlotta qui était, elle, entièrement absorbée par la consultation des voyants lumineux de la forteresse volante.

— Je ne sais pas, mais, voyez vous-même ! Nous sommes arrivé au- dessus d'Akralinta et il est temps de dire bonsoir à nos amis !

— Comment allez vous faire pour poser cet oiseau de malheur , charmante Carlotta ?

— Il ne se pose pas, Lucilius ! Hygnivöom sentit un frisson lui parcourir le dos.

Que voulait donc dire la Sacher-Boulba ?

— Ne vous inquiétez pas, le mage ! Ordonnez aux hommes de sauter...

— Mais...

— Faites ce que je vous dis, je vous expliquerais ensuite !

Hygnivöom, peu rassuré par les propos de Carlotta, fit comme elle voulait. Les trente hommes se levèrent et sautèrent dans le vide. Les parachutes s'ouvrirent comme les corolles des fleurs printanières de Kalinninwood et portèrent les soldats sur le château d'Akralinta.

— Ils vont en faire une tête en bas ! rigola Carlotta en se levant de son siège.

— Qu'est-ce que vous faites, malheureuse ? Hygnivöom s'agitait sur son siège sans rien comprendre. Carlotta revint vers lui et parvint en un tour de main à lui subtiliser l'Exodus Codex.

— Rendez le moi ! gémissait le pauvre vieillard. Rendez le moi ou je vous transforme en truie mamelue !

— Je ne crains pas tes pouvoirs ! Je ne les crains plus ! C'est la fin du voyage, Hygnivöom. Ta folie ne me convient pas ! Se venger d'un Bilken tout fripé, soit ! Mais asservir Overmonde pour un simple délire de mage, je ne suis pas d'accord !

— Tu oses te rebeller contre moi, misérable catin !

— Tu as eu mon corps parce que je le voulais bien, pourceau sénile, mais tu n'auras pas la moindre parcelle de mon âme. La catin te salue, le mage ! Ah, j'oubliais, même si tu apprenais à le piloter, il n'y a pas, dans ce bombardier, assez d'essence pour atterrir !

— D'essence ?... Qu'est-ce que c'est... Attends...

— Adieu, Hygnivöom et bonne chance dans l'Enfer d'Inframonde !

A peine avait-elle eu le temps d'achever sa phrase que le néant de la nuit la happa hors de la carlingue.

Elle dériva dans le froid glacial à la suite des GI's. Estèban Ruiz lui avait appris une fois à sauter en parachute. Ils avaient même ainsi fait l'amour, collés l'un à l'autre, par trois mille mètres d'altitude. Un joyeux souvenir.

Si elle avait tout compris au maniement du parachute, elle devait pouvoir atterrir sur la place centrale du château, au cœur sauvage des combats. Là où Bilken ne pourrait échapper au diamant de son épée.

Dans la carlingue folle, Hygnivöom essayait de se détacher du siège. Mais il n'arrivait pas à défaire la ceinture. Le bombardier tombait en piqué avec sa cargaison de bombes.

Dans le sifflement du moteur, Hygnivöom s'enflamma comme une torchère.

Lui qui avait rêvé d'asservir Overmonde n'était plus que la proie maudite de ses démons intérieurs. Tout le cockpit était maintenant une fournaise hurlante. La Mage voua aux gémonies Carlotta von Sacher-Boulba et n'eut même pas le temps de voir la falaise d'Akralinta se rapprocher à une vertigineuse vitesse.

Il tomba comme un sac de cendres au moment même où l'avion fou percutait le piton rocheux et explosait dans un épouvantable vacarme qui fit taire un instant le concert des mitrailleuses et le duel des glaives...

CHAPITRE XVIII

J'ai à peine le temps de saisir le pommeau d'améthyste qu'un tremblement de terre ébranle la forteresse d'Akralinta. Un silence de mort suit le grondement de tonnerre. Par une meurtrière, je vois un ouragan de feu monter à l'assaut de la tour par laquelle j'ai pénétré dans les lieux. Puis, avant que je puisse comprendre ce qui s'est passé, le combat reprend et l'écho des cris de désolation et de fureur emplit à nouveau l'espace sonore.

Il me faut fuir ce théâtre d'horreur avant que ma peau ne soit même plus bonne à vendre comme outre à vin au marché d'Aknéthopon. Je cours dans les couloirs du château où ma vie ne fut rien d'autre que celle du dauphin Olrik. Ah, le maudit puceau ! Que n'est-il mort plus tôt !

Je dévale des escaliers en colimaçon, m'attendant à tout instant à tomber sous les feux croisés des hommes d'Hygnivöom. Mais les Dieux sont avec moi. La voie est libre.

Je bondis devant la lourde porte de chêne qui

doit me conduire aux murailles et l'ouvre avec rage. L'air froid de la nuit m'apporte le souffle de la liberté mais le sang se glace dans mes veines. Devant moi, le visage parcouru de rigoles sanglantes, se tient le prince d'Andalogne, Bilken le Rouge. Une arbalète chargée à la main.

Il est seul, en haillon. Hagard. La haine ou l'effroi, je ne sais, a déformé ses traits. Je reprends mon souffle avec peine.

La nuit est chargée d'une odeur de mort et de soufre. L'œil de Bilken étincelle lorsqu'il reconnaît dans la silhouette qui lui fait face, l'Ombre honnie, responsable de la mort de son fils.

Lorsqu'il me reconnaît.

L'arbalète est pointé dans l'axe exact de mon cœur palpitant.

— L'Ombre !

— Lui-même, pour vous servir, prince !

— Ah, ah, ah... Non ! Tout est perdu, l'Ombre... Mon royaume est aux mains de l'ennemi ! Il ne me reste qu'à mourir ! Mais il n'est pas dit que je ne vengerais pas mon fils de ta trahison !

— Le sort d'Overmonde est en jeu... et je peux l'infléchir... Il reste des enfants à sauver du massacre, prince !

— Bien sûr, ah, ah... Tais-toi donc ! Tu es la cause du Fléau ! Crois-tu que tes médiocres mensonges suffiront à apaiser le cœur d'un père et l'esprit d'un prince ? Prie une dernière fois, l'Ombre, car tu vas mourir !

Bilken a tendu le bras. Le métal de l'arbalète scintille dans le feu qui nous environne. Ma dernière heure est donc venue et je pense à Lelilla. Je ferme les yeux, prêt à recevoir l'acier mortifère.

Qui ne vient pas !...

Ma surprise est grande, mais plus encore celle de Bilken le Rouge. Une forme mouvante a surgi d'un créneau et entraîne le cupide potentat dans son élan. Les deux corps roulent avec fracas au bord du précipice. Sur fond de Rubiltérion, une torche éclaire la scène et je vois la chevelure mordorée de Carlotta von Sacher-Boulba onduler dans l'air où volètent des nuages poussiéreux de cendres et de chairs.

Carlotta !... Carlotta la Divine !...

Elle se bat maintenant comme une harpie et vient rapidement à bout des gestes gauches de Bilken d'Andalogne. Je me suis approché, tournant la tête de droite à gauche, prenant la pleine mesure des manœuvres des soldats. Mais nous sommes bien seuls sur la muraille qui domine la plaine où grésille le chaume des masures.

— Lève toi, pauvre prince d'Andalogne ! fait-elle en le tenant en respect avec son épée. Bilken s'appuie contre la paroi de la muraille. Il regarde sans comprendre ce que lui veut cette femme inconnue.

— Tu vas payer pour tes actes de porc ! Tu en as sûrement violé d'autres qui n'oseront jamais venir te demander des comptes, mais moi, je vais leur rendre justice à toutes !

— Dis moi au moins qui tu es, catin ! réussit encore à dire celui qui fut mon prince.

— Je suis Carlotta von Sacher-Boulba !

Et disant cela, ma sœur fait tournoyer sa lame dans la nuit.

La tête de Bilken le Rouge disparaît dans le gouffre qui s'étend derrière nous. Je m'approche de Carlotta. Elle est encore tremblante. Mais nous n'avons pas le temps de nous laisser aller à d'inutiles effusions.

Le prince d'Ortolan et sa garde de cinq hommes viennent d'arriver au pas de course sur la muraille. J'ai saisi l'arbalète de Bilken et peux ainsi occire rapidement trois des soldats. Mais c'est une nouvelle fois Carlotta qui sauve la mise en appuyant sur la gâchette d'un pistolet mitrailleur qu'elle sort de son dos. Le plomb magique déchire les hommes harassés.

Le prince d'Ortolan meurt sous le feu nourri.

Overmonde est désormais sans maître car ce n'est pas Ralmon l'Audacieux qui saura régner sur Ampélogne, ni le maréchal d'Olatok sur Andalogne.

Les temps du fer et de la haine ne sont pas prêts de s'éteindre. J'arrête le bras vengeur de Carlotta qui veut achever Huberan. Je me penche vers le vieux soldat, l'égal, me semblait-il, d'un Saldan Tarek. Je lui prend la tête entre les mains. Il parvient à me sourire.

— Le Fléau ravage Overmonde, l'Ombre !

— Fais-tu partie, toi aussi, de la Secte des Chevaliers-Ombres ? lui murmuré-je à l'oreille.

— A ton avis ? Peu importe de toute manière... Il faut faire copuler les Dieux du caveau, l'Ombre. Mnémostène est seulement parvenu à repousser pour quelques instants l'assaut des morts-vivants, mais mes hommes ne tiendront pas bien longtemps ! Que copulent les dieux et Overmonde sera peut-être sauvé. C'est à toi qu'il revient d'agir, l'Ombre... Tu es notre espoir à tous !

Il pousse un dernier soupir avant d'expirer. Je me lève prestement. Carlotta est près de moi et a rechargé son arme automatique.

— Où est le caveau ? demande-t-elle.

Je l'entraîne avec moi dans une course folle.

— Au sous-sol du château, en passant par la galerie principale, nous y serons en moins de temps qu'il ne faut à un étalon pour saillir sa belle !

Au prix de quelques escarmouches sans gravité, nous avons atteint le couloir qui mène au caveau lorsque Carlotta m'arrête.

— J'irais seule, l'Ombre. Toi, va-t'en ! Pars... Tu dois vivre pour Overmonde.

— Es-tu folle, Carlotta ?

— Ecoute moi, il n'est que temps pour toi de rejoindre ta tendre Lelilla. Je me chargerais des Dieux et ils copuleront, crois- moi...

— Sais-tu ce que cela veut dire ?

— Ah, ah, ah... Me prendrais-tu pour une sotte sans cervelle ? Quand les Dieux copulent, une faille s'ouvre, et alors ?

— Alors, tu n'as qu'une chance sur mille de ne pas mourir dans le maelström qui naît de cette union divine.

— Mon petit frère adoré ! Laisse moi veiller sur toi, réplique-t-elle en sortant un livre de cuir. Voici l'Exodus Codex d'Hygnivöom et ceci n'est rien d'autre que la carte de la géographie des failles. Elle me tend un vieux parchemin gribouillé de signes que je ne comprends pas.

— Vois-tu ? Je ne risque plus rien, et je peux voyager d'un bord à l'autre de la sphère d'Overmonde, me perdre dans l'univers des failles. Ma vengeance est assouvie à présent, et je veux, dans la solitude, retrouver la paix de mon enfance...

Carlotta a les larmes aux yeux. Autour de nous,

le fracas des combats a pris une nouvelle ampleur. Je me précipite vers l'une des meurtrières. Le spectacle que j'y vois est indicible.

Un monstre s'élève dans le ciel. Un monstre créé par Mnémostène et la Déesse. C'est une hydre de pluie et de lourds nuages qui s'insinue dans le château et avale tout sur son passage. Son corps écaillé d'astres brise les fantassins et les porvals aux sabots fous.

Carlotta est contre moi. Je sens son souffle contre ma nuque.

— J'ai tué Hygnivöom, continue-t-elle. Les morts resteront morts, dès à présent. Pars maintenant, fuis sur ce porval, là, dehors !... Il te reste une chance, mon frère.

— Mais, Carlotta... Je...

— Allons, allons ! Lelilla n'aimerait pas que tu batifoles avec moi dans cette nuit d'orgie et de ripailles sanglantes.

Elle se penche vers moi et pose ses lèvres humides sur ma bouche sèche. Carlotta frémit contre mon corps. Sa poitrine si douce palpite d'une soif de vivre. Je me ressaisis avant de sombrer dans le danger de son amour.

Je m'éloigne d'elle qui n'est plus qu'une silhouette immobile dans la demi-obscurité.

— Que copulent les Dieux ! Au revoir, Carlotta ! fais-je en ouvrant la porte de bronze.

— Adieu, l'Ombre !

Je cours vers un porval égaré dans l'enceinte à ciel ouvert où résonne le vacarme le plus insensé qu'il m'ait été permis d'entendre. Une brèche dans le mur du château me permet de sortir en pleine place d'Akralinta où l'hydre de Mnémostène a tout nettoyé. La nuit s'ouvre devant moi et je fuis au grand galop vers la forêt de Kalinninwood.

Puisse Carlotta réussir dans son entreprise !...

***

Carlotta von Sacher-Boulba entra dans le caveau au moment même où Mnémostène atteignait l'apogée de sa lévitation. L'une des tentacules de la Déesse était sortie de la cuve et s'enroulait, tel un cocon luisant et gluant, autour du mage. Carlotta apprécia la distance qui la séparait des deux cuves. Une bonne rafale de pistolet mitrailleur devrait facilement venir à bout du verre et des toiles en peau de méduses. Elle enclencha le chargeur et eut un regard attendri pour le Dieu dont les bourses immenses flottaient à la surface du liquide.

— Il ne faut pas que je les blesse ! pensa-t-elle en visant calmement la première des cuves.

Celle du Dieu.

Il n'était pas encore temps de briser le lien mental qui unissait la Déesse à Mnémostène. Elle avait dans le viseur une parcelle de paroi libre. Elle caressait la détente lorsque la porte du caveau vola en éclat.

Carlotta se retourna et resta figée dans le vacarme.

Estèban Ruiz !!!

Estèban Ruiz se tenait devant elle. Mort-vivant. Elle poussa un hurlement et allait courir vers lui lorsqu'il braqua son pistolet. Hyéronimus le Borgne apparut derrière lui.

— Ne fais pas la sotte !... Je le maîtrise, il est sous mes ordres, il te réduirais en charpie, mécréante ! Carlotta évalua la situation rapidement. Ruiz semblait ne rien entendre. Elle ne pouvait voir entièrement Hyéronimus le Borgne qui était caché dans le dos du colonel.

— Vous étiez derrière la faille ?

— Cela t'étonne, n'est-ce pas, créature des démons !

— Non... au contraire, ça me rassure. Et ce disant, elle marcha vers Hyéronimus.

— Pas un pas de plus, ou je...

— Tu n'as plus aucun pouvoir ! Il est dit dans l'Exodus Codex que tout mage qui passera une faille se verra dépossédé de sa magie. Ferais-tu exception à la règle ?

— Maudite !

Elle désarma Ruiz qui ne bougeait pas et Hyéronimus alla s'asseoir et gémir dans un coin du caveau.

— Overmonde est mort !

— Pas encore, mage ! Laisse moi faire... Elle eut un dernier regard pour Ruiz, le serra contre elle mais ne rencontra que le froid de la mort. Elle ne pleura pas. Il était trop tard.

— Que vas-tu faire ? coupa Hyéronimus.

— Je vais faire copuler les Dieux. Akralinta et les derniers hommes d'Hygnivöom disparaîtront dans une faille.

— Et les autres ?

— Hygnivöom est mort...

— Mort ?!?

— ... ils redeviendront poussière et le vent dispersera leurs cendres.

Elle ajusta son arme et la rafale brisa la cuve du Dieu qui s'ébroua dans les eaux noires du Rubiltérion. Il nagea d'une façon grotesque vers la

Déesse, déchira le rideau de peau de méduse qui l'en séparait et plongea dans la cuve.

La Déesse poussa un rugissement cristallin et Mnémostène tomba comme une pierre. Assommé par la chute, il ne vit pas le Dieu pénétrer les chairs bleutées et verdâtres de la Déesse. La surface du Rubiltérion devint rouge sang et un souffle gigantesque s'éleva dans le caveau.

Carlotta regarda Hyéronimus le Borgne qui ouvrait bien grand son œil cyclopéen.

— J'ai réussi ! fit-elle en jetant la mitraillette dans l'eau tumultueuse. Elle avait à peine eu le temps de se retourner qu'elle vit un immense torrent d'eau et de boue charriant armes, montures et cadavres, pierres et poutres, rouler vers elle.

L'hydre de pluies, abandonnée par les rêves de Mnémostène et de la Déesse, venait de se disloquer dans les souterrains du château, emportant tout sur son passage.

Hyéronimus le Borgne ouvrit la bouche comme il avait ouvert l'œil et fut englouti dans la cascade qui s'écrasa contre les murs du caveau.

Carlotta parvint à s'agripper à l'anneau de fer d'un pilier et attendit, triste et sereine à la fois, que la semence dispersée par les Dieux, ouvrit une brèche dans la chair du temps...

***

J'ai eu le temps de gravir le pic de Tarposberg pour voir le château d'Akralinta devenir la proie d'un terrible cyclone.

Une colonne de feu a lié, un instant, la terre d'Overmonde aux cieux nébuleux.

Le porval a reculé, apeuré. Je lui ai flatté le

flanc en regardant les derniers murs de la forteresse des Bilken s'écrouler dans un roulement de tonnerre qu'on a du entendre jusqu'aux frontières sauvages d'Andalogne.

Le jour ne devrait plus tarder à se lever et dévoiler le champ de la bataille la plus infernale que j'ai vécue.

Qu'est devenue Carlotta ?

A-t-elle survécu ?...

Jamais je n'aurais la réponse. Il est sûr, cependant, qu'elle a réussi à faire copuler les Dieux et cesser les combats. Cette femme est admirable.

Je n'ai jamais cru les révélations de Moustik sur nos naissances jumelles. C'était là, sans doute, encore une plaisanterie de l'espiègle avorton.

Un rayon de soleil frappe la cuirasse de ma monture. La lumière doit reprendre ses droits. J'éperonne le porval et file vers Kalininnwood retrouver la femme des mes nuits et de mes jours. La quête sera encore longue pour trouver la Secte des Chevaliers- Ombres.

Mais avec Lelilla à mes côtés, et la liberté comme but, je me sens prêt à affronter les obstacles qui se dresseront devant nous.

Lelilla, ma tendre Lelilla, mon adorée, que vivent notre amour, les enfants rieurs d'Overmonde et les sombres dieux d'Inframonde !...

*Cet ouvrage a été composé par l'auteur
et achevé d'imprimer en novembre 92
sur les presses de Cox and Wyman Ltd.
à Reading (Berkshire)*

*Dépôt légal : décembre 92
Imprimé en Angleterre*